DREAMBOOKS

DREAMBOOKS

DREAMBOOKS★

정령의
펜던트

발렌 판타지 장편소설

ORIGINAL FANTASY STORY & ADVENTURE

dream
books
드림북스

정령의 펜던트 4 힘의 차이

초판 1쇄 인쇄 2020년 1월 17일
초판 1쇄 발행 2020년 2월 4일

지은이 발렌
발행인 오영배
편집 편집부
일러스트 보살
만화 빅피
표지 · 본문 디자인 오정인
제작 조하늬

펴낸 곳 (주)삼양출판사 · 드림북스
주소 서울시 강북구 도봉로 173
대표 전화 02-980-2112 **팩스** 02-983-0660
편집부 전화 02-987-9393 **팩스** 02-980-2115
블로그 blog.naver.com/dreambookss
출판등록 1999년 3월 11일 제9-00046호

ⓒ 발렌, 2020

ISBN 979-11-283-9517-8 (04810) / 979-11-283-9513-0 (세트)

드림북스는 (주)삼양출판사의 판타지 · 무협 문학 브랜드입니다.

4

발렌 판타지 장편소설

ORIGINAL FANTASY STORY & ADVENTURE

힘의 차이

정령의
펜던트

dream
books
드림북스

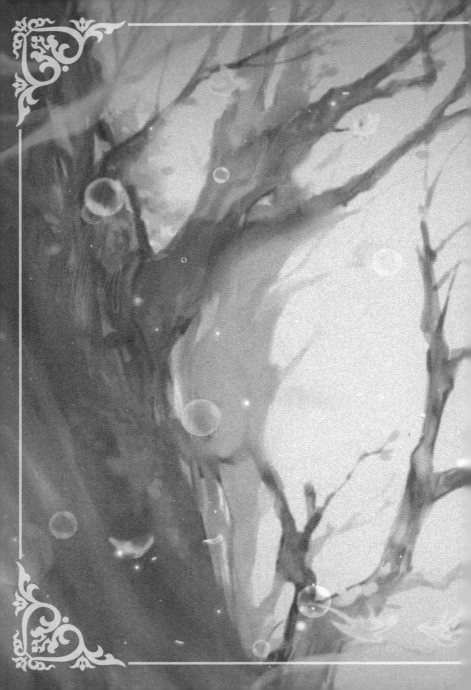

목차

Chapter 1.
내 사람

1.

찰칵.

굳게 닫혀 있던 문이 드디어 열렸다. 안절부절 통로를 왔다 갔다 하던 슈스케와 엘레인이 동시에 뚝 멈췄다.

에이단을 필두로 일라이와 퀸, 로건, 마지막으로 바율이 차례대로 걸어 나왔다.

"바, 바율! 괜찮아?"

엘레인과 몸싸움을 하던 와중에도 바율의 비명이 선명하게 들렸다. 슈스케가 조급한 얼굴로 다가와 물었다.

슈스케의 몸에 올라타 이성을 잃고 주먹질을 하던 엘레인 역시 그 소리에 겨우 정신을 차리고 주먹을 내려놓았었다.

둘 다 제정신이 아니었다. 서로를 싫어하긴 했어도 이처럼 치고받고 싸웠던 적은 없었는데, 그놈의 자존심 때문에 결국 일을 그르쳤다.

서로 조금만 더 참았으면 될 일을 크게 만들어 애먼 사람까지 다치게 하다니. 둘은 입이 열 개라도 할 말이 없었다.

"미안해! 진짜 미안해!"

"미, 미안하다…… 다 내 잘못이야."

슈스케와 엘레인이 고개를 푹 숙이며 사죄했다. 둘 모두 흥분했던 모습은 온데간데없고 당장이라도 울 것 같은 얼굴이었다.

엘레인은 신을 수호하는 성기사 지망생이었다. 원래는 신학도가 꿈이었지만 욱하는 성미 때문에 방향을 튼 케이스였다.

오늘 일이 학부 교수님의 귀에 들어가면 처벌은 둘째 치고 크게 실망하실 것이다. 그간 교수님께서 주신 믿음에 대한 배신이었다.

뿐인가. 란데르트 공작 전하의 아들을 때렸다는 것이 집안에 알려진다면 역시 사고뭉치는 어쩔 수 없다는 소리를 들을 게 뻔하다.

'네놈의 지랄 맞은 성격이 어디 가겠냐?'

형제들의 비웃음이 벌써 귓가에 아른거렸다.

슈스케라고 다르지 않았다. 학부 우등생으로서 모범을 보여야 할 그가 당치도 않는 사고를 저질렀다. 저 자신에게 이런 폭력성이 숨어 있다는 것도 오늘 알았다. 학생 기록부에 무어라 쓰일까. 수치스러움에 쥐구멍이 있다면 들어가 숨고 싶은 심정이었다.

이런저런 사정을 다 떠나서 무엇보다 가장 큰 잘못은 본인들의 어리석은 다툼으로 아무 상관도 없는 바율이 다쳤다는 점이었다.

"슈스케, 일단 얼굴부터 닦아."

"…어?"

손수건을 건네는 일라이를 슈스케가 멍하니 올려다봤다.

"네 얼굴, 지금 완전 엉망이란 말이야. 교수님 보시면 어쩔 건데?"

"지금 그게 문제야? 일단 바율부터 치료해야지."

급한 건 바율의 부상이었다. 자신의 상처는 며칠 뒤면 아물겠지만, 바율은 혹시 모른다. 그 비명의 강도라면 당장 신전으로 달려가 치료를 받아야 마땅했다.

"지금은 네 얼굴이 가장 큰 문제거든? 교수님 오시기 전에 얼른 수습하고 티 안 나게 자는 척이라도 해."

"하지만……."

"어서 서두르라니까?"

급기야 일라이가 슈스케를 좌석으로 밀어붙였다.

"엘레인, 너도!"

"…바율은 괜찮은 거야? 어디를 얼마나 다쳤는지 우리도 알아야지."

엘레인이 뒷걸음질 치다가 슈스케의 옆에 쓰러지듯 앉았다. 바율이 통로의 맨 끝에 서 있는 바람에 여기서는 제대로 살필 수가 없었다.

"미친 듯이 싸울 때는 언제고 이제 좀 정신이 드나 보지?"

"그건 정말 미안해. 내가 잠깐 돌았었나 봐."

"어떤 벌이든 달게 받을 생각이야. 다시 한번 사과할게."

"사과는 나중에 당사자에게 알아서 하시고, 지금은 너희 상태나 신경 써. 옷 꼴이 그게 뭐냐?"

엘레인은 상대적으로 눈에 띄는 상처는 없었지만, 셔츠며 넥타이가 엉망이었다. 패션을 중시하는 일라이에겐 그야말로 용납할 수 없는 일이었다.

"곧 교수님 오시겠다. 다들 아무 일 없던 것처럼 있을 수 있지?"

일라이가 라나사와 루빈스키를 포함한 모두에게 말했다.

"곧 있으면 황궁에 도착할 텐데 미리 잔소리 들어서 좋을 것 없잖아. 우선은 조용히 넘어가는 걸로 하자. 알겠지?"

일라이의 당부를 끝으로 통로를 메우고 있던 친구들도 서둘러 원래 자리로 복귀했다.

"바율……."

슈스케와 엘레인이 자신들 쪽으로는 눈길 한 번을 주지 않는 바율을 죄스러운 표정으로 바라봤다. 멀쩡해 보이는 바율의 모습에 어째선지 더 걱정이 되었다.

"안심해. 팔과 어깨에 멍이 좀 들긴 했지만 심하진 않으니까."

"…그냥 멍만 들었다고? 진짜야?"

"충격이 셌는지 잠깐 팔에 쥐가 났어. 그러면서 일시적인 쇼크가 같이 왔고. 지금은 나아졌지만, 하루쯤은 푹 쉬어야 할 테니 괜히 사과하겠답시고 나서지들 마. 그냥 아예 건드리지를 마. 상태 안 좋을 땐 말만 시켜도 짜증 나는 거 알지?"

일라이의 경고에 엘레인과 슈스케가 동시에 머리를 주억였다. 아파서가 아니라 놀라서 지른 비명이었다니, 그나마 다행이라면 다행이었다. 팔이라도 부러진 거면 어떡하나 싶었는데 절로 안도의 한숨이 나왔다.

그래도 아직 완전히 회복한 것은 아닌지 바율의 안색이 상당히 굳어 있었다. 흡사 화가 난 사람 같기도 했다.

'도와주려다가 그랬으니 기분이 많이 상했겠지.'

'나라도 이런 상황이면 짜증 날 거야.'

기회가 되는 대로 꼭 제대로 사과해야겠다고 다짐하는 둘이었다.

"바율, 너 괜찮니?"

사고 친 당사자들 못지않게 루빈스키도 바율을 많이 걱정했었다. 어디를 다쳤는지는 경황이 없어 보지 못했지만, 그녀 역시 귀가 있기에 비명을 들었다.

"신전에 안 가도 되겠어? 아프면 아프다고 말해. 우리가 도와줄게. 그냥 있으면 더 아플지 모르잖아. 바율, 듣고 있니?"

루빈스키가 몇 마디 말을 더 붙여봤지만 바율에게선 아무런 대구가 없었다. 아니, 일말의 미동조차 없었다.

이상한 건 바율만이 아니었다. 이제껏 조잘조잘 말 많던 에이단도 답지 않게 입을 다문 채 창밖만 응시하고 있었다.

'뭐야? 왜들 이래?'

루빈스키가 라나사의 팔을 툭 쳤다. 너는 애들이 왜 이러는지 아느냐고 물어볼 심산이었다. 그러나 라나사 역시 딴 생각 중이라 친구에게 답할 정신이 없었다.

'어째서 손가락이 멀쩡한 거지?'

찰나지만 라나사는 분명하게 보았다. 부러진 엄지손가락과 그 때문에 고통으로 어그러지던 바율의 얼굴을.

'왜……?'

순간 착각한 건가 싶었지만 그럴 리가 없었다. 시력만큼은 누구에게도 지지 않을 자신이 있는 라나사였다.

그사이 치료라도 받고 온 것인가?

하지만 누구에게?

지금은 달리는 기차 안이었고 치료가 가능한 사제도 없었다. 한데 누가 바율을 치료한단 말인가. 문 너머 함께 있었던 것도 학생들뿐이었다.

'설마 저 애들이 치료를……? 말도 안 돼.'

차라리 잘못 봤다고 여기는 편이 더 신빙성 있었다.

'내가 진짜 착각이라도 한 걸까?'

바율의 손가락을 찌를 듯 내려다보는 라나사의 머릿속은 그야말로 혼돈, 그 자체였다. 그리고 라나사는 몰랐지만, 혼란스럽기는 바율도 마찬가지였다.

2.

손가락에서 느껴지는 엄청난 고통에 비명을 지르며 쓰러진 바율이 마지막으로 기억하는 건, 퀸이 그런 자신을 안고 어딘가로 데려가는 것이었다.

온몸을 관통하는 끔찍한 괴로움에 잠시지만 바율은 거의 혼절 상태였다. 어린 시절 다리가 부러졌던 것과는 차원이 달랐다. 과거의 일이라 잘 기억나진 않지만 분명 이처럼 아프지는 않았었다.

그렇게 시간이 얼마나 지난 걸까. 아픔이 점점 잦아들며 바율의 시야도 차차 회복되었다.

"…퀸."

제일 먼저 퀸이 보였다. 그리고 그 주변을 아연실색한 친구들이 채우고 있었다. 아마도 자신 때문에 많이 놀랐으리라.

"애들아, 미안. 난 그냥 싸움을 말리려던 건데……."

반쯤 몸을 일으키던 바율은 뭔가 이상함을 느끼고 멈칫했다.

"퀴, 퀸?"

아닌 게 아니라, 퀸이 부러진 손가락을 부여잡고 괴로워하고 있었기 때문이다. 바율처럼 비명을 지르진 않았지만, 흐르는 땀방울 하며 어두운 낯빛이 그가 현재 얼마나 고통스러운지를 말해 주었다.

"퀸, 무슨 일이야! 갑자기 왜 이래!"

이 모든 게 자신 때문이라고는 꿈에도 생각지 못한 바율은 벌떡 일어나 퀸을 붙들었다.

"괜찮아? 어쩌다가 이렇게 된 거야!"

"호들갑 떨지 마…… 이 정도는 아무것도 아니니까."

말과 달리 퀸의 어깨가 잘게 떨렸다.

그리고 그때, 기이한 일이 벌어졌다. 퀸의 부러진 엄지손가락이 천천히 움직이기 시작한 것이다. 마치 제자리를 찾아가듯, 반대쪽으로 흉하게 꺾여 있던 손가락이 원래의 모양으로 돌아왔다.

아무도, 그 누구도 건드리지 않았다. 그렇다는 건 퀸 본인의 힘이라는 얘기였다.

다들 입을 열지 않았다. 그저 부릅뜬 눈으로 퀸을 지켜보기만 했다.

퀸의 안색이 차츰 안정적인 빛을 띠었다. 완전한 컨디션이 돌아오려면 시간이 필요한 듯했지만, 그가 이만하면 되었다는 듯 일어섰다.

"설마…… 자가 치료냐?"

꿀떡 침을 삼키며 일라이가 참았던 질문을 터뜨렸다. 그 옆에서 에이단 역시 궁금하다는 듯 물었다.

"어떻게 부러진 바율의 손가락이…… 네게로 옮겨간 건데?"

"내 손가락이 옮겨갔다고?"

에이단이 무슨 말을 하는지 바율은 이해가 가지 않았다.

"이제 나가 봐야 할 것 같은데."

"야, 퀸! 너 지금……."

"교수님 오실 시간 되지 않았어? 이따가 설명할게."

이마의 땀을 닦아 내는 퀸은 몹시 피곤해 보였다.

작금의 상황에 대해 이렇다 할 설명 하나 듣지 못해 매우 답답했지만, 나가야 할 상황이라는 퀸의 말도 맞았다.

"그래, 일단 조용히 쉬는 게 좋을 것 같다."

그렇게 그들은 문을 열고 밖으로 나왔다. 어떤 궁금증도 해소하지 못한 채.

"뭐야? 왜들 이렇게 축 처져 있어? 벌써 지치기라도 한 거야?"

바율이 상념에 빠진 사이, 식당 칸에 갔었던 로티어스 교수가 일행과 함께 돌아왔다. 학생들의 싸움에 힐끔거리던 몇몇 승객들은 다행히 별말 없이 지나가 주었다. 고마운 일이었다.

"녀석들, 왼쪽을 봐라."

제각각의 이유로 머릿속이 복잡하던 아이들의 고개가 일제히 기계처럼 돌아갔다. 그리고 다들 약속이라도 한 듯 눈을 감았다.

눈이 부셨다. 떠오르는 햇빛에 반사되어 일대가 강하게 번쩍거렸다.

저게 뭐지?

다들 의문이 든 순간, 로티어스 교수가 말했다.

"베르가라에 온 것을 환영한다."

어쩐지 그리움이 묻어나는 목소리였다.

3.

기차역에서 황궁까지는 또다시 마차를 타고 가야 했다. 열차에서 봤을 땐 거리가 꽤 가까워 보였는데, 장장 한 시간여를 달려서야 마차가 멈췄다.

"여기서부터는 걸어야 한다."

마차가 멈춘 곳은 거대한 성문 앞 로터리였다.

불청객의 침입을 막기 위해 삐죽하게 솟은 높다란 성벽 위로 황가의 상징인 황금색 왕관이 강렬한 존재감을 뽐내며 모두의 시선을 사로잡았다.

그 아래로 화려한 갑옷을 걸친 황군 수비대가 이 열 횡대로 각을 맞추어 도열해 있었고, 로터리의 중앙에는 십년전쟁의 승리를 기념하는 황금 탑이 당당한 위상을 드러내며 세워져 있었다.

바율은 숨을 크게 들이켰다. 아직 황궁 안으로는 들어가지도 않았는데 위압감이 장난 아니었다.

무엇 하나 금칠을 하지 않은 게 없었다. 황실의 권위를 드높이기 위해서인지, 그도 아니면 방문자의 기를 죽이기 위해서인지 대단한 과시욕임은 분명했다.

멀리서도 반짝이는 이유가 이래서였구나.

상상조차 못했던 첫인상에 바율은 그야말로 압도되었다.

"좀 멋지네."

멍하니 뜬 눈으로 감상에 빠진 바율과 달리, 일라이의 평은 간단명료했다. 놀람은커녕 시큰둥하기까지 해서 에이단은 좀 어이가 없었다.

"…그게 다야?"

"왜, 비천한 집시 주제에 반응이 좀 그러냐?"

"그게 아니라, 너만 너무 평온하잖아. 다들 넋 나간 거 안 보여?"

로터리는 사절단 말고도 많은 사람들로 붐비고 있었다. 황태자의 성년식이 거행되는 중요한 행사인 만큼 대륙 각지에서 인파가 모여들었기 때문이다. 물론 개중 화려한 성문을 넘을 수 있는 건 황실의 초대장을 받은 이들뿐이었다.

"처음이 아닌 나도 입이 다물어지지 않는구먼. 혹시 뭐 잘못 먹었냐?"

"멋지다고 한 말 못 들었어? 황궁인데 이 정도는 돼야지. 맘에 든다니까?"

누가 네 맘에 드는지 물어봤냐?

에이단이 또 한 번 기가 막혀 하는데, 로티어스 교수가
출발을 명했다. 그를 선두로 1학년 사절단의 황궁 여행이
드디어 본격적인 서막을 열었다.

베르가라의 첫 관문답게 성문을 통과하는 절차는 꽤 복
잡했다. 철저한 신분 확인은 물론이고 복장과 소지품 검사
까지 꼼꼼히 하는 통에 제법 긴 시간을 잡아먹었다.

일행이 머물 곳은 길리언 궁전이었다. 베르가라엔 황제
가 기거하는 카펠하임 말고도 수십 개의 궁전이 있었다. 그
중에서도 길리언은 국빈의 임시 거처를 위한 용도로 지어
진 호텔식 궁이었다.

그래서일까. 궁전의 규모는 말할 것도 없거니와 건물 자
체에서 풍기는 분위기가 대단히 고풍스러우면서도 우아했
다.

화려한 금장식은 없지만 둥근 지붕과 처마의 끝마다 세
밀한 조각상이 자리했고, 궁전의 정문에 세워진 거대한 네
기둥에는 봄, 여름, 가을, 겨울 네 계절을 나타내는 부조가
섬세하게 조각되어 있었다.

"여기가 정말 우리가 머물 곳인가요?"

"그렇단다, 루빈스키. 부디 마음에 들었으면 좋겠구나."

"당연히 마음에 들죠! 기숙사와는 비교도 안 될 텐데요!"

"루빈스키, 우린 아직 실내를 보지도 못했어."

"에이단, 넌 꼭 봐야지 알겠니? 난 그냥 막 그려진다고. 새하얀 침대보에 푹신한 베개와 보들보들한 이불, 리넨 커튼이 나풀거리는 창틀에는 먼지 한 톨 없겠지. 침대 맞은편엔 분명 앤티크한 화장대가 놓여 있을 거야."

루빈스키는 마치 꿈이라도 꾸듯 황홀한 표정을 지었다. 수업 걱정으로 기차에서 투덜대던 애가 맞는지 의심이 일 정도였다.

"궁금하면 얼른 가 보자꾸나."

감상은 끝났다. 하루를 꼬박 기차에서 보냈더니 다들 몸이 천근만근이었다. 지금은 일단 짐부터 풀고 휴식을 취해야 할 때였다.

"어디서 오신 분들입니까?"

"캐링스턴 아카데미에서 왔습니다."

"멀리서 오신 귀한 분들이군요. 이쪽으로 오십시오."

깔끔한 정복 차림의 황실 관리가 일행을 데려간 곳은 궁전의 꼭대기 층이었다. 오르락내리락하기가 힘들긴 해도 정원이 한눈에 내려다보이는 전망만큼은 최고였다.

"보자. 우리가 사용할 방을 제외하면 너희에게 할당된 방이 총 다섯 개이니 방은 둘씩 짝지어서 사용하면 되겠고…… 시간이 좀 애매하긴 하지만, 첫날이고 하니 이만 자유 시간을 갖는 게 낫겠지?"

일정 등에 대한 대략적인 설명을 마친 로티어스 교수가 학생들을 빙 둘러보며 묻자 블레이크 교수가 회중시계를 꺼내 시간을 확인하고는 덧붙였다.

"점심 식사 전까지는 좀 쉬어야죠. 저도 좀 피곤하네요."

"그럽시다."

로티어스 교수가 고개를 끄덕이며 마지막으로 당부했다.

"주의 사항은 아까 다들 잘 들었지? 자유로운 산책은 정원까지만이다. 인근을 벗어나면 어떤 제재가 있을지 나도 모르니 조심하도록. 질문 있는 사람?"

아무도 없을 거란 예상을 깨고 일라이가 손을 들었다.

"선생님, 저희는 총 아홉 명인데요?"

"그게 왜?"

"둘씩 짝을 지으면 한 명이 남습니다."

"아, 맞다. 지금은 아홉이지."

로티어스 교수가 깜빡했다는 듯 이마를 쳤다.

"어떤 녀석일지 복 받았구나. 이 너른 궁에서 독방을 쓰게 되다니. 소감은 나중에 천천히 듣기로 하고, 난 졸려서 이만 먼저 가 보겠다. 나중에 보자!"

로티어스 교수가 손을 휘휘 젓더니 급하게 돌아섰다. 이어 블레이크 교수와 직원들, 그리고 라나사와 루빈스키가 차례대로 사라졌다. 여학생은 둘뿐이니 애초에 그들에겐 선택권이 없었다. 이제 남은 방은 네 개에 남은 인원은 일곱이었다.

"…우리가 같이 쓸게."

기차에서의 일이 마음에 걸렸는지 슈스케와 엘레인이 눈치를 보다가 제일 먼저 빠졌다.

그럼 답은 정해졌다. 바욜과 퀸은 실제로도 룸메이트였다. 에이단이 로건과 같은 방을 쓰지는 않을 테니 독방은 보나마나 로건의 차지였다.

"우린 이제 뭐 하지?"

"뭐 하긴. 우리에겐 남은 과제가 있잖아?"

그게 무엇인지는 콕 집어 말할 필요도 없었다. 에이단과 일라이가 약속이라도 한 듯 퀸을 양옆에서 붙들더니 후다닥 방으로 끌고 들어갔다.

4.

"이제 설명해 보시지?"

"뭘?"

"아까 기차에서의 일 말이야. 나중에 설명한다며?"

"본 그대로야. 무슨 설명이 더 필요해?"

친구들의 닦달에 퉁명스레 대꾸하는 퀸의 모습은 기차에서와는 확연히 달랐다. 더는 이마에서 땀도 나지 않았고 얼굴에선 평소처럼 빛이 났다. 피곤한 기색 역시 찾아볼 수 없었다.

"그럼 진짜로…… 너 스스로 치료한 거야?"

"너희도 특별한 능력 하나쯤은 다들 갖고 있잖아? 난 개중 치료 쪽에 재능이 있을 뿐이야."

"네 능력이 어디 보통 능력이냐? 비교할 걸 비교해야지!"

"인어국 사정은 어떤지 모르겠지만, 적어도 우리 인간 세상에서 네가 가진 힘은 그렇게 막 흔하게 볼 수 있는 게 아니라고!"

"그건 에이단 너도 마찬가지 아닌가?"

동물과 교감할 수 있는 에이단의 이능 역시 절대 평범한 것은 아니었다. 퀸의 입장에선 녀석의 능력이나 자신의 능력이나 비슷하긴 매한가지였다.

"내 재능을 높이 사 주는 건 고마운데, 퀸 넌 정말 엄청난 거야! 어떤 고위 사제도 너처럼 부상을 순식간에 낫게 하지는 못할걸? 안 그러냐, 라이?"

"그건 치료 마법으로도 불가능해. 부상자의 고통을 줄여 줄 순 있지만, 그렇게 짧은 시간에 부러진 뼈를 원래대로 고칠 순 없어."

"그것 봐! 게다가 넌 네가 다친 것도 아니었잖아. 손가락이 부러진 건 바율이었는데…… 어떻게 네가…….."

지금 생각해도 말이 안 된다 여겨지는지 에이단이 뒷말을 삼키며 바율과 퀸의 부러졌던 손가락을 번갈아 쳐다봤다.

"저기, 미안한데 누가 나 좀 이해시켜 주면 안 될까? 날 치료한 게 퀸이었어? 퀸에게 사제님들과 같은 치유 능력이 있는 거야?"

기차에서부터 묻고 싶었다. 하지만 주변에 다른 아이들도 있었고, 무엇보다 퀸이 내켜 하지 않는 것 같아 말하지 못했다.

골절 부위에서 느껴지던 극심한 통증을 바율은 아직도 기억한다. 어째서 자신이 이토록 멀쩡한 것인지 꼭 알아야 했다.

"방금 같이 들었잖아. 다들 하나쯤은 갖고 있는, 별로 특별할 것도 없는 능력이라고."

그러니까 퀸이 치료한 것은 맞다는 이야기였다.

"그럼 아까 그건 뭐였는데?"

바율이 고통에서 벗어나는 순간 보았던 건 자신과 똑같

은 부상을 당한 퀸이었다. 그리고 그때 에이단이 이런 말을 했었다.

"내 손가락이 퀸에게로 옮겨 갔다고 했지? 내가 기차에서부터 내내 생각했던 건데, 이건 진짜 말이 안 되는 얘기 같은데, 혹시 내 부상을 퀸이 가져간 거야? 그래서 퀸이 나처럼 손가락이 부러져 있었던 거야?"

그게 아니라면 절대 설명이 되지 않는 상황이었다. 그리고 만일 이 모든 게 사실이라면 바율은 마음 편히 있을 수 없었다.

"그럼 퀸, 너의 치료 능력이라는 건…… 남의 상처를 네 몸으로 가져와 스스로 치료한다는 거야? 그 엄청난 고통을 온전히 다 느끼면서……?"

퀸은 대답하지 않았다. 하지만 바율과 친구들은 이미 그 답을 알고 있었다. 기차에서 직접 목도하지 않았던가. 괴로움에 몸부림을 치던 그의 모습을.

퀸의 치유 능력은 가히 신의 축복이라 할 수 있었다. 그러나 그 대단한 재능은 결코 그냥 주어지지 않았다.

"퀸……."

바율은 고맙다는 인사 전에 미안하다는 말부터 해야 할 것 같았다. 누군가를 낫게 하려면 그 고통까지 감내해야 하는 게 퀸이 가진 능력에 대한 대가였다.

"미안해…… 그리고 정말 고마워."

바율이 다가가 퀸의 손을 어루만졌다.

"많이 아팠을 텐데…… 날 위해서 그럴 필요까지는 없었는데…… 이 고마움을 어떻게 갚아야 할지 모르겠다."

"친구라면서."

"…어?"

"그럼 우리가 애인 사이인가?"

"퀴, 퀸……?"

훅 들어오는 퀸의 농담에 바율은 어버버 말을 잇지 못했다.

"넌 내게 소중한 친구다. 내 성격이 별로라는 건 나도 알아. 그래서 당장 살갑게 굴지는 못하겠지만, 이제는 바율 너도 내 사람이야. 내 사람을 위해서 당연히 이 정도는 해야지."

갑자기 사람이 달라지면 죽을 때가 된 거라고 했다. 퀸에게서 어찌 이런 표정과 말투가 나올 수 있단 말인가.

당사자인 바율은 물론이고 에이단과 일라이도 입을 벌린 채 소리 없는 비명을 질렀다. 지금 자신들이 무슨 소리를 들은 건지, 흡사 딴 세상에라도 온 것 같았다.

"언제든, 설사 그것이 내가 할 수 있는 것의 마지막일지라도 널 위해서라면 할 거다. 바율, 넌 그럴 만한 가치가 있어."

"…혹시 이 자식, 아직 아픈 거 아니야? 고통 때문에 잠깐 정신 나간 거 아닐까?"

"그런가? 열은 없는데?"

일라이가 퀸의 이마를 짚어 보았지만, 손에 닿은 피부는 얼음처럼 차갑기만 했다.

"말짱하다가 쇼크사로 사망하는 경우도 있다고 들었어. 잘 살펴야 해."

"자가 치유 능력자라도 죽는 건 한순간이겠지? 심장 마비 같은 거 말이야."

"피도 눈물도 없는 녀석인데 심장 마비라니 뭔가 안 어울리긴 하다."

"내가 죽기는 왜 죽어? 저리들 안 비켜?"

분위기 좋았는데 한순간에 와장창 금이 갔다. 몸까지 더듬으며 헛소리를 해 대는 두 진상을 퀸이 귀찮다는 듯 떼어 냈다.

"네 치유 능력의 수준은 어느 정도지?"

그때 불쑥 로건이 물었다. 성격상 티 내지 않고 있을 뿐, 그 역시 퀸의 숨겨진 능력에 상당히 놀란 상태였다.

그러면서 한편으로는 궁금했다. 어느 정도까지 치료가 가능한 건지, 어떤 병이든 다 나을 수 있는 건지 그러한 것들을 알고 싶었다.

"내가 그걸 왜 말해야 하는데?"

퀸의 싸늘한 대구에 로건의 눈썹이 꿈틀거렸다.

"휴, 이제야 퀸 같네."

"암, 퀸이라면 이렇게 나와야지."

반면 에이단과 일라이는 이제야 퀸이 제정신을 차렸다며 안도했다. 사실 방금 전 퀸이 보여 준 건 그들에게 있어 꿈에 나올까 무서운 모습이었다.

"혹시 교수님들도 알고 계신가?"

"내게 그걸 알릴 의무가 있나?"

"하긴, 그렇겠군."

로건은 픽 웃었다. 괜한 질문이었다. 듣도 보도 못한 능력으로 상처를 치유하는 인어국의 왕자. 그의 능력이 세상에 까발려진다면 이곳에 있기 힘들어진다. 탐욕스러운 인간들이 그를 가만히 놔두지 않을 테니까.

어쩌면 오늘 퀸이 능력을 드러낸 것은 도박이었을지도 몰랐다. 비밀이 발각되는 위험을 감수하면서까지 바율을 치료하기로 택한 것이다.

그것은 바율을 생각하는 그의 마음이 결코 작지 않음을 뜻했다. 함께 있는 친구들 역시 믿는다는 의미일 것이다. 좀 전에 소중한 친구니 어쩌니 한 것도 그냥 하는 말이 아니라 진심이라는 얘기였다.

'바율, 좋은 친구를 얻었구나.'

조금은 녀석이 부러워지는 순간이었다.

"퀸, 근데 우리는? 우리도 네 거냐?"

"…뭐?"

"바율보고는 네 사람이라며? 그럼 우리는 뭔데? 우리도 네 거지? 네 거 맞지?"

일라이와 에이단이 좋게 말할 때 답하라는 듯 퀸을 포위했다. 퀸은 몰랐겠지만, 둘은 오늘 안으로 '내 사람이다' 소리를 듣지 못한다면 그를 잠도 재우지 않을 작정이었다.

"응? 퀸? 얼른 말해 봐."

"우리도 그래? 우리도 네 사람이야?"

"그런 말은 어디서 배웠어? 나 막 심장이 콩닥거렸다니까! 인어국에선 자주 쓰는 말이야?"

"이것들이 진짜! 저리들 안 꺼져?"

"아잉, 듣고 싶단 말이야. 얼마나 달콤했는데!"

"딱 한 번만, 딱 한 번만 다시 듣자!"

두 친구의 육탄 공격에 퀸은 정신이 혼미해질 지경이었다. 생각 같아선 물벼락이라도 뿌려 버리고 싶었지만, 이상하게도 녀석들 앞에선 번번이 마음이 약해졌다.

똑똑.

노크 소리가 들린 것은 그때였다.

"네, 누구세……!"

장난에 빠진 친구들을 대신해서 바율이 웃으며 문을 열었다. 그리고 방문객을 마주한 순간 바율은 그대로 얼어붙었다.

"라, 란데르트 공작 전하!"

제국의 살아 있는 전설.

십년전쟁의 종결자.

바율의 아버지이자 도당의 핵심 귀족인 그가 직접 아들을 만나러 찾아온 것이다. 두어 달 만의 부자 상봉이었다. 하나 반가움은커녕 문고리를 잡은 바율의 손목은 긴장으로 부들부들 떨렸다.

Chapter 2.
아버지와 아들

1.

"들어오라는 말도 안 하는 거냐?"

란데르트 공작의 등장에 얼어붙은 것은 비단 바율뿐만이
아니었다. 그의 방문은 함께 있던 친구들에게도 전연 예상
치 못한 것이었다.

"이, 이쪽으로 앉으십시오!"

다행히 눈치 빠른 일라이가 정신을 챙기며 늦게나마 공
작을 소파로 안내했다.

"고맙구나."

란데르트 공작이 미소를 지으며 안으로 들어왔다. 그의
뒤로 기사 둘이 조용히 뒤따랐다. 바율도 익히 알고 있는

아버지의 수행 기사였다.

"혹시 내가 방해가 된 건가?"

"네? 아니요! 아닙니다! 그럴 리가요! 책에서만 뵙던 분을 봬서 좀 당황하긴 했지만, 전혀 아닙니다!"

일라이가 격하게 손을 흔들며 부정했다.

"사실 저희들끼리 장난을 치던 중이라…… 바율, 너 거기서 뭐해! 얼른 와서 앉아!"

그때까지도 바율은 굳은 채 문고리를 잡고 있었다.

철컥.

문이 닫히는 소리가 이상하리만치 크게 들렸다. 긴 테이블을 중앙으로 바율과 친구들이 한쪽에, 란데르트 공작이 반대편에 홀로 좌정했다. 수행 기사 둘은 늘 그렇듯 앉지 않고 공작의 뒤에 시립했다.

"반갑다."

공작이 먼저 인사했다.

"너희들이 우리 바율의 친구들이로구나."

'…우리 바율?'

공작의 생각지도 못한 단어 선택에 바율은 당혹스러웠다. 아버지의 입에서 자신의 이름이 이처럼 친근하게 거론된 것이 얼마 만인지 모르겠다.

기억조차 희미했다. 오래전, 바일이 곁에 있던 시절. 셋이 함께 저녁을 먹고 새벽까지 체스를 두며 웃음이 끊이질 않던 날들. 어느 날은 결국 졸음을 못 이기고 아버지의 양다리를 베개 삼아 형과 나란히 잠들기도 했었다.

누구보다 행복했지만, 그랬기에 지금은 더 불행하다.

'형……'

간신히 붙들어 두었던 형에 대한 죄책감이 다시금 바율을 옥죄어 왔다.

그런 아들의 심경을 전혀 알지 못한 채 공작이 웃음 띤 눈으로 찬찬히 친구들을 뜯어보았다.

제일 먼저 그의 시선을 끈 것은 역시나 퀸이었다. 아들의 룸메이트라는 인어국의 왕자. 그의 지느러미 귀가 공작의 눈길을 사로잡았다.

'물의 기운인가?'

비록 직접 본 적은 없어도, 물을 제어하는 인어족의 특성에 대해 기본적인 건 알고 있었다. 왕가의 혈통이어서인지 어린 나이임에도 범상치 않은 기운을 품고 있다.

'인상이 차가워.'

눈 한 번 깜박이지 않고 똑바로 공작을 마주 보는 퀸의 기세는 자못 매서웠다. 몸을 세우고 턱을 치켜든 모습은 꽤 당돌하기까지 했다.

하지만 나쁘지 않다. 자신을 앞에 두고도 기죽지 않는 자세가 마음에 들었다. 성정이 유약한 바율에겐 오히려 이런 녀석이 필요하다.

'보면 고맙다는 말부터 해야겠군.'

바율의 방 배정에 힘을 쓴 게 누구일지는 이미 짐작이 갔다.

"저는 일라이라고 합니다. 란데르트 공작 전하를 뵙게 되어 영광입니다."

퀸의 옆자리에 앉아 있던 일라이가 환하게 웃으며 인사했다.

인상적인 아이였다. 화려한 외모도 외모지만, 그보다는 다른 아이들과 똑같은 교복을 입고 있는데도 어딘지 느낌이 남달랐다.

딱히 어떻다 정의 내릴 순 없지만, 녀석의 붉은 눈동자를 마주한 순간 왜인지 머리털이 삐쭉 섰다. 그것은 공작에게 일종의 경고 같은 것이었다. 이런 느낌을 받을 때마다 항상 일이 터지곤 했었다.

'집시라고 했던가.'

집시 일족에 편견이 있는 것은 아니나, 녀석에 대해서는 한번 알아봐야 할 필요성이 있었다.

"오랜만에 인사드립니다. 그간 강녕하셨습니까?"

로건이 일어나 정중히 예를 갖춰 인사했다. 겉으로는 담담한 척 부단히 애를 쓰고 있지만, 그의 심장은 두방망이질 치는 중이었다.

"그래, 오랜만이구나. 너의 소식은 가끔 네 아버지에게 전해 들었다. 듣던 대로 키가 더 훌쩍 자랐구나."

아들처럼 아꼈던 로건과의 재회였다. 건강히 잘 큰 듯하지만, 씩씩했던 전과 달리 얼굴에 그늘이 져 있다. 언뜻 불안한 기색도 엿보인다.

'아직도 힘든 게냐.'

그 마음을 모르지 않기에 로건을 보는 공작의 속도 편하지만은 않았다.

바일의 죽음을 오롯이 받아들이는 것.

그들이 풀어내야 할 남은 숙제였다.

"로건까지 인사했으니, 그럼 남은 네가 레오네트 백작님의 손자이겠구나."

란데르트 공작은 부러 목소리를 높여 에이단을 알은척했다.

"저희 할아버지를 아세요?"

친구들의 뒤를 이어 막 정식으로 인사를 올리려던 에이단은 깜짝 놀랐다. 도당의 정치에는 일절 관심 없으신 분이 바로 자신의 할아버지이기 때문이다. 당연히 란데르트 공작과도 인연이 있을 거라고는 생각지 못했다.

"그럼, 알다마다. 비록 지금은 많이 쇠하셨지만, 이전에는 누구보다 용맹하신 분이었지."

"하늘의 침공 때를 말씀하시는 거죠?"

"그때도 대단하셨지만, 레오네트 백작님의 일화는 그것 말고도 아주 많단다. 오래전 백작님을 처음 뵙던 날, 당시 어렸던 나의 눈에 그보다 멋진 분은 없었다. 백작님과 같은 기사가 되고 싶다고 생각했었지."

"지, 진짜요?"

그간 노망난 할배라고 엄청나게 욕했는데, 기함할 노릇이었다. 자나 깨나 어떡하면 자신을 더 잘 부려 먹을까 고민만 하는 조부가 아니던가. 이런 반전은 정녕 예상치 못했다.

"평소 레오네트 백작님께서 손주에게 무용담을 털어놓지 않으신 모양이구나. 여전히 입이 무거우신가 보지?"

무겁다 뿐인가. 칼 같이 예리하시기까지 해서 가슴에 비수를 꽂기 일쑤였다.

"그 무용담이란 거, 하나만 말씀해 주실 수 있나요?"

"아니, 내가 그럴 순 없지. 다음에 할아버지께 직접 여쭤보려무나."

레오네트 백작가라 하면 첫째도 재력이요, 둘째도 재력이라 할 만큼 재산가로 유명한 집안이었다. 하지만 드러나 있지 않을 뿐, 숨겨진 무위 역시 결코 무시할 수준이 아니었다. 아직은 장난꾸러기 같은 이 어린 손자가 할아버지의 재능을 반만이라도 닮았다면 필시 훌륭한 기사의 재목이 될 터였다.

"편지로만 전해 듣던 친구들을 이렇게 직접 만나게 되어 너무나 반갑구나. 바율이 좋은 친구들을 사귄 것 같아 아비로서 다행이다 싶다."

"저희도 뵙게 되어 영광입니다."

"듣던 대로 되게 젊으시네요."

이미 알고 있던 사실임에도 란데르트 공작의 외모는 가히 충격적이었다. 아버지와 아들이니만큼 공작과 바율은 확실히 닮아 있었다.

하지만 부자지간이라기보다는 형제라고 부르기에 더 적합해 보이는 것이 사실이었다.

"역사 수업 때 배웠던 분을 실제로 만난 적은 처음입니다."

"맞아요. 바율 녀석이 워낙 소탈해서 잊고 지냈는데, 란데르트 공작 전하의 아들이 맞긴 맞았네요. 은발인 머리 색도 그렇고, 정말 똑같습니다."

란데르트 공작을 면전에 두고도 에이단과 일라이는 재잘재잘 말을 잘했다. 처음엔 꽤 놀란 것 같더니 어느 순간 풀어져서는 바율의 대변자인 양 공작의 궁금증을 해결해 주었다.

"작은아버지가 마련해 준 저택은 어떻더냐? 지내기 불편한 점은 없고?"

"거기 완전 넓고 좋던데요? 주말마다 리타가 진수성찬을 차려 놓고 기다리잖아요. 저희도 먹어 봤는데 진짜 끝내주게 맛있었어요!"

"리타의 음식 솜씨는 해밀턴에서도 알아줬지. 그 녀석이 네 곁에 있어서 참으로 다행이구나. 재스퍼도 같이 데려가게 해 달라고 울고 불며 떼를 쓰기에 가서 잘할까 싶었는데, 괜한 걱정이었어."

"…재스퍼는 잘 있나요?"

바율에게서 처음으로 질문이 새어 나왔다. 어째서 같이 보내지 않았냐는 것까지는 묻지 않았다. 그저 잘 지낸다는 말 한마디가 필요했다.

"걱정 마라. 녀석은 아주 잘 있다."

재스퍼 역시 바율을 무척이나 그리워하고 있었다. 하지만 괜한 말로 아들의 마음을 심란하게 만들고 싶지 않았다.

"바율에게 새 친구가 생겼는데 혹시 전해 들으셨나요?"

"새 친구?"

"네! 블랙이라고, 엄청 커다란 개예요. 털이 눈처럼 아주 새하얀 녀석인데, 이름이 어쩌다가 블랙이 되었냐면요."

에이단이 이처럼 수다쟁이인 줄 몰랐다. 녀석이 리타의

목욕 사건을 들먹이며 블랙의 치부(?)까지 공작에게 설명했다.

"허허, 그것참 재밌는 일화구나. 그 블랙이란 녀석을 나도 한번 보고 싶을 정도야. 이언은 왜 이런 이야기를 편지에 쓰지 않았는지 모르겠군."

"아, 이언 경의 얘기가 나와서 말인데요. 그분 정말 대단하시더라고요. 야시장에서 기사 넷과 사 대 일로 붙으셨는데 그냥 한 방에 확! 끝내시던데요? 란데르트 가문의 저력에 다시 한번 놀랐습니다!"

"에, 에이단!"

아버지께서 알아서 좋을 게 하등 없는 이야기였다. 상대는 어찌 되었든 헥터 가문이질 않은가. 전국의 귀족이 황실로 모여드는 이때, 괜한 일로 아버지의 심기를 어지럽히고 싶지 않았다.

"아…… 이런, 내가 너무 나갔나?"

제국의 영웅을 실제로 만난 것도 모자라 친밀하게 대화까지 나누었다. 기사를 꿈꾸는 에이단에게 마에스터의 경지에 오른 란데르트 공작은 그야말로 선망의 대상, 그 자체였다.

한마디라도 더 하고픈 욕심에 신이 나서 입을 열었는데, 마지막 얘기는 하지 말 걸 그랬다. 흥분하면 앞뒤 분간 못하는 이놈의 성질이 문제였다.

바율, 미안.

에이단이 입술을 옹송그리며 친구에게 깊은 뉘우침의 눈빛을 보냈다.

하지만 이미 때는 늦었다. 란데르트 공작의 표정이 사뭇 진지해졌다.

"야시장에 갔었느냐?"

"네, 아버지……."

"그곳에서 이언이 싸움을 벌였다고? 상대가 누구였지?"

"그게……."

"혹시 헥터 가문이냐?"

바율은 진심으로 깜짝 놀랐다. 자레드에 대해선 이언에게 따로 말한 적이 없기 때문이다. 야시장에서의 사건도 특별히 당부했었다. 결론적으로 아무 일도 일어나지 않았으니 당분간은 우리만 알고 있기로.

늘 못 미더운 아들이었던 터라 딴에는 걱정을 끼치고 싶지 않아서였는데, 콕 집어 물으시는 걸 보니 이미 자레드 녀석과의 일을 어느 정도 알고 계신 듯하다.

"어떻게……?"

이제껏 평온하던 란데르트 공작의 이마에 잠시 주름이 잡혔다 사라졌다. 무겁게 내려앉은 그의 눈빛이 순간 너무나 차가워서 바율은 물론 친구들까지 움찔 몸을 떨었다.

"다른 별일은 또 없었느냐?"

무언가 숨긴 게 더 있으면 전부 말하라는 뜻이었다.

"예, 그밖에 다른 일은 없었습니다."

가장 중요한 정령에 대한 이야기는 하나도 하지 않았다. 그에 친구들이 이상히 여겼지만, 바율은 아직 얘기할 준비가 되지 않은 상태였다.

"알겠다. 친구들과의 만남은 여기까지 하고, 우린 그만 나가는 것이 좋겠다."

"…저도 말입니까?"

"할 얘기가 있으니 따라오거라."

사람을 시켜 불러와도 될 것을 공작이 친히 방문한 까닭은 친구들 때문이었다. 아들이 캐링스턴에서 처음으로 사귄 녀석들을 꼭 그의 눈으로 직접 보고 싶었다.

그리고 그 결정은 옳았다.

일견 차가워 보이지만 아들을 향한 퀸의 눈길은 부드러웠다. 에이단은 밝고 정이 넘쳤으며, 일라이란 집시 소년은 찜찜한 느낌이 있긴 하나 현재로선 어른스럽고 침착했다.

가장 신경 쓰이는 건 오히려 로건이었는데, 이유를 충분히 짐작할 수 있기에 공작은 넘어가기로 했다. 녀석에게는 시간이 필요했다.

'괜한 걱정이었어.'

방을 나서는 발걸음이 조금은 가볍다. 정작 그의 뒤를 쫓는 바율의 표정은 어둡기만 했지만, 공작은 다른 생각을 하느라 미처 살필 수가 없었다.

2.

공작의 거처에 도착하니 먼저 온 사람이 있었다. 바율도 익히 아는 이, 바로 수행 기사인 이언이었다.

"이언 경, 여긴 어쩐 일로 오셨어요? 아니, 그보다 이 시간에 어떻게……?"

"도련님과 같은 기차를 타고 왔습니다. 공작 전하를 뵙습니다."

이언이 허리를 숙여 공작에게 인사했다.

"앉지."

이언의 방문에도 공작은 전혀 놀라는 기색이 아니었다.

"저랑 같은 기차를 타고 왔다고요? 제게는 그런 말씀 안 하셨잖아요."

바율은 이 상황을 이해할 수 없었다. 사절단에 뽑히고 저택에 연락을 넣었을 때 돌아온 건 알겠다는 답변뿐이었기 때문이다. 그 밖에 다른 얘기는 일언반구도 없었다.

"저는 도련님의 안전을 책임지고 있습니다. 기숙사 생활을 해야 하는 아카데미야 어쩔 수 없지만, 그 외의 경우엔 항시 모셔야 할 의무가 있습니다."

"그 말씀은 기차에서부터 저를 몰래 호위하셨다는 건가요?"

"그렇습니다."

바율은 사절단으로 이곳에 와 있다. 개인적인 볼일도 아닌데 굳이 그렇게까지 할 필요가 있었냐고 묻고 싶었지만, 아버지의 얼굴을 보니 하나 마나 한 질문이었다. 아버지께선 작금의 상황을 당연하게 받아들이고 계셨다.

"…앞으론 미리 언질이라도 해 주세요."

그래야 기분이 조금은 나을 것 같으니까.

"알겠습니다."

덤덤히 대꾸하는 이언의 모습은 평소의 모습 그대로였다. 하지만 오늘따라 왠지 조금 거리가 느껴졌다.

"그래, 야시장에 갔었다고?"

둘의 얘기가 끝났다 여겼는지 공작이 본론으로 들어갔다.

"…전해 들으셨습니까?"

이언이 약간 당황하는 듯했으나 그것은 찰나였다. 그는 란데르트 공작만큼이나 표정의 변화가 거의 없었다.

"있는 그대로 빠짐없이."

공작이 명령하자 이언이 신속히 당시 정황에 대해 보고했다. 바율 일행을 보자마자 자레드가 다짜고짜 기사에게 명을 내렸다는 부분에서 공작의 눈썹이 사납게 휘어졌다.

동생의 걱정이 괜한 기우가 아니었다. 아이들끼리 치고받는 싸움이라면, 마음에 들든 그렇지 않든 선을 넘지 않는 이상 참고 지켜봐야 한다는 게 그의 생각이었다.

하나 기사가 나섰다면 이야기가 달라진다. 바율은 그의 뒤를 이을 하나뿐인 후계자였다. 바율에게 검을 겨누었다는 건 곧 그에게 겨눈 것이나 마찬가지였다.

"감히……!"

평소 공작이 잘 쓰지 않는 말이 나왔다. 그것은 그가 상당히 화가 났다는 증거였다.

"바로 보고하지 않은 이유는 무엇인가? 그럴 시간이 충분했던 것 같은데."

공작의 서슬 퍼런 질문에 답한 건 바율이었다.

"그건, 제가 말하지 말아 달라고 부탁했습니다."

"…네가 말이냐?"

"네, 안 그래도 바쁘신데 저까지 괜한 일로 염려 끼쳐 드리고 싶지 않았습니다. 죄송합니다."

"이것이 네겐 괜한 일이란 말이냐?"

"…이언 경의 활약으로 아무 일 없이 모두 무탈했으니 괜찮다고 생각하였습니다…….."

공작의 딱딱해진 눈빛에 바율은 기가 죽었다. 방금 전 친구들 앞에서 '우리 아들'이라 말하던 아버지의 모습은 어디에도 없었다. 또다시 전처럼 차갑게 돌변하셨다. 이번에도 역시나 자신의 잘못 때문이었다.

"그들은 건달도 잡배도 아니다. 정식으로 작위를 하사받은 기사란 말이다. 기사는 정의롭고 명예로워야 한다. 기사가 든 검은 오로지 그 정의와 명예를 위해서만 사용되어야 하는 것이다."

공작의 음성은 다소 격앙되어 있었다.

"한데 그래야 할 기사의 검이 어린 학생들에게 향했다. 명령을 내린 녀석을 탓할 게 아니다. 그 말도 안 되는 명을 수행한 기사들의 잘못이 가장 크다. 만일 바율 네가 똑같은 명을 내렸더라면 이언이 그렇게 했을 것 같으냐?"

아니, 이언이라면 불복했을 것이다. 기사라면 주군의 명을 따르는 것이 명예이자 도의지만, 그것이 약자를 해치는 경우라면 범죄가 아니고 무엇이겠는가.

가진 힘을 이용해 약자를 괴롭히는 것을 공작은 가장 경멸했다.

"그 자리에 이언이 없었더라면 어쩔 뻔했느냐? 너는 물론이고 네 친구들까지 크게 다쳤을 수도 있다!"

공작은 생각하고 싶지도 않았다. 가뜩이나 허약한 아들이다. 그 먼 곳에 보내 놓고 불안하여 잠 못 드는 날이 많았거늘, 이런 어이없는 일이 있었을 거라고는 상상도 못 했다.

"이번엔 조용히 넘어가지 않을 것이다."

"…네?"

"그들도 무엇을 잘못했는지는 알아야 하지 않겠느냐?"

누구를 건드린 것인지도 뇌리에 똑똑히 새겨 주어야겠지.

란데르트 공작이 앉은 채로 명령했다.

"헤이즈에게 내가 좀 보잔다고 전하게."

"즉시 대기하라 하겠습니다."

공작이 고개를 끄덕이자 수행 기사가 급히 문밖으로 명을 전달했다.

"아버지, 어쩌시려고……?"

헤이즈라면 바율도 알고 있는 여기사였다. 아직 밖으로는 알려지지 않았지만, 만월 기사단 내에서 열 손가락 안에 꼽힐 정도로 엄청난 실력의 보유자였다.

갑자기 그녀는 왜 찾는 것인지 궁금했다.

"넌 두고 보거라."

상대를 굴복시켜야 할 땐 확실하게 힘의 차이를 보여 줘야 한다. 그래야 다른 생각을 못 할 테니까.

"이언은 당분간 근신한다."

"아버지! 이언 경은 잘못 없습니다. 그건 제가……!"

"명 따르겠습니다."

바율이 항의했지만 두 남자는 꿈쩍도 안 했다. 아버지는 그렇다 치더라도 이언은 자신을 원망할 법도 하건만, 그는 시종일관 부동자세였다.

"그러고 보니 또 쓰러졌었다지?"

미안한 마음에 바율이 어찌할 바를 몰라 머뭇거릴 때 공작이 불쑥 다른 얘기를 꺼냈다.

"아, 네……."

"좀 피곤해서 그런 거였다고 하던데, 이제는 괜찮은 게냐?"

"걱정 끼쳐 드려 죄송합니다."

오늘만 죄송하단 말을 몇 번째 하는지 모르겠다. 자랑스러운 아들은 고사하고 피해만 끼치는 아들이 된 것 같아 바율은 오늘도 죄스러웠다.

"네 사과를 받자고 꺼낸 말이 아니다. 근래 그런 일이 없지 않았느냐? 몸은 제대로 살피고 사는 것이냐?"

"바그너 사제님께서 정기적으로 봐 주고 계십니다. 그분께서 이상 없다고 했으니 너무 염려 마십시오."

다시 또 기절하는 일은 없을 겁니다. 전 아픈 게 아니라 정령을 보고 그들의 소리를 들었던 것이거든요.

아버지, 그 사이 제가 정령사가 되었어요. 아버지께선 혹시 정령이 무엇인지 아시나요? 가문을 이어야 할 제가 정령사가 되어도 괜찮을까요?

아버지에게 하고 싶고, 묻고 싶은 말이 많다. 하지만 입은 언제나처럼 굳은 듯 떨어지지 않는다.

지금보다 자신감이 생기면, 확신이 들면 그때 말씀드릴게요. 조금만 기다려 주세요.

더 이상 실망스러운 아들이 되지 않기 위해선 좀 더 시간이 필요합니다.

"…다른 특별한 일은 없었느냐?"

"네."

왜 말하지 않는 것이냐?

바그너 사제에게서 받은 두 통의 편지에 쓰인 내용에 대해서 바율은 아직 한마디도 하지 않았다. 마음 같아선 대놓고 묻고 싶지만, 당사자인 바율이 먼저 말을 하질 않으니 공작은 선뜻 그러기가 쉽지 않았다.

바율에게서 고위 사제에게나 있을 법한 강한 친화력을 느꼈습니다.

바그너 사제의 마지막 서찰엔 분명 그리 쓰여 있었다. 그것도 그의 고향인 해밀턴에서 섬기는 전쟁의 신이 아니라, 아카데미 내 신전에서 모시는 절망의 신에 대한 친화력이라고 하였다.

일전의 기절도 그렇고, 대체 그 신전이 아들과 무슨 연관이 있기에 이상한 일들이 자꾸 벌어지는지. 이러다 하나 남은 아들마저 잘못되는 건 아닐까 공작은 두려웠다.

녀석이 모든 걸 털어놓으면 좋으련만.

아들을 바라보는 공작의 두 눈에 수심이 어렸다.

"아버지, 감사합니다."

부자 사이의 침묵이 길어질 즈음 별안간 바율이 감사를 표했다. 뜬금없는 그 인사에 공작은 의아한 표정을 지었고, 바율은 오랜만에 솔직하게 속내를 고백했다.

"아카데미에 오길 잘한 것 같아요. 처음엔 수업도 기숙사 생활도 낯설어서 많이 당황했는데, 이제는 모든 게 즐거워졌어요."

아버지를 만나고 처음으로 바율의 입가에 미소가 그려졌다.

"그중에 가장 즐거운 건 친구를 사귄 거예요. 아까 보셨죠? 퀸, 라이, 에이단, 로건 말고도 좋은 친구들이 많아요. 아버지 덕분에 만나게 된 거잖아요."

처음엔 쫓겨나는 것이라 여겼지만 이제는 상관없었다. 바율은 현재에 만족했다. 좋은 친구들, 정령사의 길, 부끄럽지 않은 아들이 되는 것. 아카데미를 졸업하는 날까지 열심히 노력해서 그 모든 걸 이루고 싶었다.

"해밀턴이 그리울 땐 이 펜던트를 봐요. 왜인지는 모르겠지만 그것만으로도 힘이 되거든요."

"넌 어릴 때부터 그랬지."

바율의 펜던트. 그것은 공작으로 하여금 많은 생각을 하게 하는 아내가 남긴 유품이었다.

"소중히 여겨 주어서 고마울 뿐이다."

얼굴도 본 적 없는 어미의 유품을 귀중히 대하는 아들의 마음씨가 참으로 대견했다.

"당연한걸요……."

언제부터인지 아버지의 목소리가 다시금 부드러워졌다. 눈빛에서도 온기가 느껴진다. 바일이 죽은 이후로 기억에만 있던 아버지의 모습이었다.

똑똑.

"형님, 접니다."

방 안 공기가 막 훈훈해진 그때, 손님이 찾아왔다.

"오, 바율도 와 있었구나! 이게 대체 얼마만이냐!"

란데르트 공작의 동생이자 바율의 작은아버지인 리암이

었다. 그가 한달음에 달려와 조카를 부둥켜안았다.

"작은아버지, 그간 안녕하셨죠?"

"그럼, 그럼! 어디 보자, 얼굴색이 많이 좋아진 것 같은데? 너의 활약은 들었다. 체스 게임에서 자레드를 콱 눌러 버렸다지? 이 작은아버지가 그 소식을 듣고 얼마나 통쾌했는지 아느냐?"

역시 알고 계셨다. 작은아버지가 아시는데 아버지께서 모를 리 없다.

대체 그 먼 곳의 소식을 어떻게 아신 걸까?

"그 독한 블러드 오브 드래곤을 마셨다고 해서 깜짝 놀라긴 했지만, 너라면 멋지게 해낼 줄 알았지. 장하다, 내 조카!"

오랜만에 만난 조카가 그리도 반가운지 리암이 재차 바율을 끌어안았다.

"그만하고 어서 앉지 그러냐."

동생의 조카 사랑을 모르는 바는 아니나 공작에겐 그리 시간이 많지 않았다. 지금도 겨우 짬을 내서 아들을 보러 온 것이다. 회포는 차후에 다시 풀어도 충분했다.

"예, 형님. 제가 너무 반가워서 그만."

바율의 머리를 다정스레 쓰다듬고는 마침내 리암이 자리에 앉았다.

"밖에서 얘기는 대충 들었습니다. 자레드 녀석이 선을 넘어도 한참을 넘었더군요. 이번엔 절대 그냥 넘어가서는 안 됩니다."

"안 그래도 그럴 참이다."

"헥터 공작이 간만에 제대로 혼쭐이 나겠네요. 이 아우, 몹시 기대가 됩니다."

"바율과 함께 있는 자리다. 그 얘기는 나중에 하자꾸나."

무엇을 어떻게 하시려는 것인지 퍽 궁금했지만, 어른들 말씀에 끼어드는 건 예의가 아니라 배웠기에 바율은 가만히 자리를 지켰다.

내심 기대도 조금 되었다. 아버지가 어떤 방식으로 헥터 공작가에 대응하실지 빨리 보고 싶었다. 모든 일에 완벽을 추구하시는 아버지는 작은 일 하나도 허투루 하시는 법이 없었다.

자레드 녀석이 이번 기회에 정신 좀 차렸으면 좋겠는데, 그럴 가능성은 희박하다는 사실이 바율을 씁쓸하게 했다.

"바율, 너도 알고 있겠지만 폐하께서 친히 널 초청하셨다."

"교수님께 들었습니다. 제가 어떻게 자랐는지 궁금하신 것 같다고 하시던데…… 맞습니까?"

"제인이 그리 말하더냐?"

"…제인이요?"

"아, 로티어스 교수 말이다."

공작이 빠르게 정정하자 바율은 고개를 끄덕였다.

"네, 교수님께서도 제가 궁금하셨다고…….."

"바율, 넌 형님의 아들이다. 제국의 살아 있는 전설, 란데르트 공작의 아들. 아카데미에서 무수히 들은 말이겠지?"

바율이 말없이 쳐다보자 리암이 자상한 미소를 지으며 덧붙였다.

"네겐 부담이란 거 안다. 가끔은 나도 그러니까."

"…작은아버지께서요?"

"오죽 잘나셨어야 말이지. 나도 어디 가서 빠지는 편은 아닌데, 그럼에도 불구하고 솔직히 차이가 나도 너무 나잖니?"

"리암."

"형님은 잠시 조용히 계세요. 이건 저희만이 느낄 수 있는 감정이라고요. 뭘 알지도 못하시면서."

그만하라는 의미를 담은 공작의 부름에도 리암은 꿋꿋했다.

"어딜 가도 내가 듣는 소리는 란데르트 공작의 동생이란 말뿐이었다. 그건 사십이 넘은 지금도 마찬가지이지."

"……."

"하지만 말이다, 바율. 그게 꼭 나쁘지만은 않더라? 어릴 땐 늘 비교 대상이라 짜증도 나고 그랬는데, 엄청난 차이를 인정하고 나니깐 이게 또 굉장한 배경이 되더구나. 날 함부로 여기는 사람이 하나도 없더라고. 어라? 이거 좀 괜찮은데? 그때부터 작은아버지가 무슨 일을 했는지 아니?"

바율은 고개를 가로저었다.

"든든한 형을 믿고 하고 싶은 걸 막 밀어붙였지! 물론 정도를 넘지 않는 선에서 말이다."

리암이 도당에서 입지를 구축하는 데 형인 란데르트 공작의 도움이 없었다는 건 말이 안 되었다.

하나 리암은 타고난 정치가였다. 형 말고는 내세울 게 없었던 젊은 시절, 도당의 잔뼈 굵은 귀족들을 상대로 기죽지 않고 끊임없이 소신을 펼치던 그는 그러한 행보를 통해 이내 그를 한 명의 귀족으로 인식시키는 데 성공했다.

그는 여전히 란데르트 공작의 동생이지만, 동시에 능력을 인정받은 출중한 정치가가 된 것이다.

"넌 자식이니 어쩌면 동생인 나보다 더하겠지. 부담 갖지 말라는 말은 하지 않겠다. 다만 피할 수 없다면 받아들이고 즐기는 것이 더 멋지게 살아가는 방법이 아닐까?"

"작은아버지께서 무슨 말씀을 하고 싶으신 건지 알겠어요. 절 궁금해하는 사람들 앞에 나서는 걸 두려워하지 말란 말씀이잖아요."

"그래, 잘 알아들었구나."

"…제가 너무 나약하죠?"

형과는 많이 다르죠?

"누구나 나약한 면은 있는 법이란다. 그걸 부끄러워할 필요는 없어."

차마 '네'라는 말이 나오지 않아 바율은 고개만 끄덕였다. 낯선 황궁에서 어려운 아버지를 대면해서인지 아카데미에서 쌓았던 자신감이 모두 날아간 듯한 기분이었다.

"파티는 이틀 후다. 작은아버지가 주의 사항에 대해 일러 줄 터이니 따라가 잘 배우거라."

란데르트 공작이 해 줄 수 있는 건 없었다. 그의 아들로 태어난 이상 어쩔 도리가 없다. 공작이 공작이 아닐 수도, 바율이 아들이 아닐 수도 없으니까. 바율이 극복하는 수밖에는 없었다.

몸은 허약해도 총명한 아들이니 언제고 아비라는 무거운 짐을 벗어 낼 수 있을 거라고 공작은 믿었다.

"형님은 따로 일이 있으신 듯하니 우리는 이만 가자."

"…나중에 뵙겠습니다."

어색한 인사 후 바율은 일어나 작은아버지를 따라 문을 나섰다. 밖으로 나오자 바율과 리암을 본 기사들이 예를 갖추며 인사했다.

'저분은?'

개중 낯익은 얼굴이 보였다. 조금 전 아버지가 찾던 여검사, 헤이즈. 절도 있게 목례를 마친 그녀가 바율을 지나쳐 안으로 들어갔다.

"새로운 호위 기사들은 어떻더냐? 불편하지는 않았지?"

"네, 괜찮습니다."

작은아버지의 속사포 같은 질문이 쏟아졌지만, 바율의 머릿속은 아버지가 헤이즈에게 어떤 명을 내릴지에 대한 궁금증으로 가득했다.

무슨 일이 벌어지려나.

장소가 장소이니만큼 별 탈이 없기를 바랄 뿐이었다.

Chapter 3.
황태자의 초대

1.

"여기 분위기 끝내준다! 사방에 명화가 쫙 깔렸어! 라오네드, 고요, 구스타파, 망크, 렘브렌토! 부르는 게 값이라는 작품들이 수두룩해!"

"그래? 난 그림 쪽으로는 잘 몰라서."

"어머, 에이단! 여기서 너희 집이 제일 부자인데 그게 무슨 소리니?"

"루빈스키, 너야말로 무슨 말이냐? 부자인 거랑 그림이 무슨 상관인데?"

"너희 집에도 이런 그림 많지 않아? 부자들은 비싼 그림을 수집한다고 들었는데."

"…그것들이 그렇게 비싼 거였나?"

에이단이 고개를 갸웃하자 루빈스키가 어이없다는 표정을 지었다.

"그림이 있기는 한데 제대로 보지도 않았구나?"

"딱히 관심이 없어서 말이지."

"부잣집 애들은 이런 게 문제라니까. 자기네가 뭘 가졌는지를 몰라요. 훌륭한 명화를 눈앞에 두고도 보지 않는 건 낭비라고, 낭비! 아우, 내가 다 아깝네!"

"그렇게 아까우면 언제 우리 집 와서 보든가."

"헛! 진짜? 그래도 돼?"

에이단을 째려보던 루빈스키의 눈이 희소식에 번쩍 떠졌다.

"응, 시간 날 때 놀러 와."

"정말이지? 나중에 딴소리하는 거 아니지?"

"속고만 살았냐? 그게 뭐 어려운 일이라고."

"아싸! 라나사, 라나사! 너도 나중에 같이 가자. 응응?"

신이 난 루빈스키가 라나사를 붙들고 조를 때였다.

"주문하신 음료와 케이크 나왔습니다."

검은색 정장을 말쑥하게 차려입은 사내 둘이 양손에 쟁반을 든 채 일행에게 다가왔다.

"와, 대박! 찻잔에서 빛이 나네. 테두리에 이거, 금 맞지? 찻잔 받침에도 있어! 세상에, 너무 고급스럽다!"

커다란 테이블에 각기 다른 일곱 개의 음료가 놓였다. 개중 홍차가 담긴 찻잔을 보자마자 루빈스키가 소리쳤다.

"이런 커트러리는 난생처음 봐. 너무 예뻐서 먹을 수도 없을 것 같아! 어떡하지?"

"루빈스키, 목소리가 너무 커."

도서관처럼 조용할 필요까지는 없었지만, 현재 그들이 있는 곳은 황실의 카페테리아였다. 많은 이들이 함께 사용하는 공간이니만큼 어느 정도의 정숙은 필수였다.

"앗! 미안, 라나사. 내가 너무 흥분했지?"

그제야 자신의 목소리가 컸음을 인식한 루빈스키가 황급히 입을 막으며 몸을 움츠렸다.

"너 여기 오기 싫다던 애 맞냐? 내 기억엔 로티어스 교수님께 엄청 투덜댔던 것 같은데."

"오기 싫었던 사람은 놀라지도 못하니?"

"아니, 뭐 놀랄 수야 있지. 근데 넌 되게 좋아하는 것 같아서 하는 말이야."

"완전히 다 좋은 건 아니지만, 약간은 인정해. 기숙사보다 훨씬 시설이 좋잖아. 숙소는 말할 것도 없고, 여기 이 찻잔, 커트러리, 테이블클로스 등 모든 것이 월등히 차이 난다고. 내가 언제 또 이런 걸 써 보겠니? 우리 집은 너희 집처럼 그렇게 부자가 아니거든."

"그놈의 부자 소리 좀 안 하면 안 되냐? 현실의 내 처지는 용돈을 벌어 써야 하는 가난한 근로 장학생임을 알아주길 바란다."

"피, 어차피 다 물려받을 거면서. 바율, 너는 어때? 너도 이런 거 관심 없어?"

갑자기 화살이 바율에게로 날아왔다. 아무 생각 없이 커피를 마시고 있던 바율은 머뭇거리다 대답했다.

"나는 딱히 싫은 것도 아니고 좋은 것도 아니라서 뭐라고 해야 할지……."

"그래? 하긴 뭐, 너희 집에도 이런 거 많이 있을 테니까."

특별히 관심을 두지 않았을 뿐인데 루빈스키는 다른 쪽으로 해석하는 듯했다.

"라이는? 넌 화려한 거 좋아하잖아."

이번엔 일라이였다. 본인의 머리 색과 똑같은 붉은색 음료를 머금던 일라이가 '나?' 하며 눈을 깜박였다.

"글쎄다…… 나쁘지는 않은데 이 정도로 화려하다고 할 수 있나?"

"…뭐?"

"난 좀 평범해 보여서 말이지."

"헐! 이게 평범하다고?"

순간 루빈스키뿐 아니라 다들 어처구니없다는 듯 일라이를 바라봤다. 취향의 차이는 있을 수 있지만, 다른 데도 아니고 황실의 카페테리아였다. 그런 만큼 작은 식기 하나도 평범함과는 거리가 멀어도 한참 멀었다.

　"이게 평범한 거면 네 기준의 화려함은 대체 어떤 수준이냐? 한번 들어나 보자."

　"음, 이 찻잔으로 예를 들자면 금은 좀 식상해. 너무 흔하잖아. 보석 같은 게 박혀 있으면 더 반짝이고 예쁘겠지."

　"보석?"

　"응, 루비라든가 다이아몬드 같은?"

　"야! 세상에 어떤 미친놈이 다이아몬드를 찻잔에 처바르냐? 그런 건 보지도 못했고, 있다는 얘기도 못 들었다!"

　에이단이 버럭하자 루빈스키가 동조했다.

　"그러게 말이야. 보석 박힌 찻잔이라니, 그런 게 있을 리 없잖아! 다이아몬드처럼 비싼 보석은 장신구에나 쓰인다고!"

　"있어."

　"…응?"

　퀸이었다. 대화에는 끼지 않고 조용히 차만 마시던 그가 찻잔을 가리키며 말했다.

　"인어국에 있다고."

　"뭐가? 설마 보석 달린 잔이 있다는 거냐?"

"어, 사파이어."

"호오, 그렇다는데?"

의외의 지원군에 어깨를 으쓱이며 일라이가 씨익 웃었다.

"거짓말."

"다음 학기 때 가져와 볼까?"

"…진짜라고?"

끄덕.

퀸은 농담으로도 거짓말을 하는 타입이 아니었다. 가져오라고 하면 진짜로 가져올 것이다.

"그냥 기가 막힌다."

"나도."

에이단과 루빈스키가 약속이라도 한 듯 함께 고개를 설레설레 저었다.

"저기, 대화 중에 미안한데…… 엘레인과 슈스케, 가서 데려와야 하는 거 아닐까?"

아까부터 바율은 그 점이 신경 쓰였다. 아침 식사 시간에 잠깐 본 것을 제외하면 둘은 어제부터 통 방에서 나오질 않았다. 마치 스스로 벌을 주기라도 하듯이 말이다.

"지금은 그냥 두자. 당장 네 얼굴 보기가 미안해서 그런 것 같으니까."

"반성 중이라고 생각해. 교수님께도 안 들키고 그냥 넘어갔는데 그 정도 대가는 치러야지."

"그래도 여기까지 와서 그러는 건……."

"네가 크게 다칠 뻔했어."

아니, 다쳤지.

"잠시라도 자숙 시간을 갖는 게 둘에게도 좋을 거야."

말하는 일라이는 물론이고 에이단과 로건까지 일순 바율의 부러졌던 손가락에 시선이 집중되었다.

"그래, 바율. 그러다가 정 답답하면 따로 산책이라도 하겠지. 네 마음은 알겠는데 일단은 기다려 보자. 돌아가려면 아직 며칠 남았잖아. 그 안에 사과하러 올 거야. 그때 풀면 돼."

"응……."

바율이라고 화가 나지 않는 건 아니었다. 싸움을 말리려다가 억울하게 다쳤다. 지금은 말끔하게 나았지만, 똑같은 고통을 퀸도 느껴야만 했다.

하지만 이미 지난 일이고 반성이라면 충분해 보인다. 사절단으로 황궁까지 왔는데 그 둘만 제대로 즐기지 못하는 것 같아 바율은 조금 안타까웠다.

"뭐야, 저 사람? 아까부터 왜 계속 쳐다보는 거지?"

바율이 두 친구로 인해 상념에 빠진 그때, 루빈스키가 몸을 숙이며 속삭이듯 물었다.

"라나사, 내 목소리 아직도 커?"

"아니, 괜찮아."

"그래? 그럼 왜 여길 힐긋거리는 거지?"

"저 사람뿐이 아니야. 다들 보고 있다고."

"응?"

에이단의 말에 루빈스키가 재빨리 사방을 휘둘러보았다.

"정말이네. 무슨 일이지?"

"궁금해서겠지."

"궁금해? 아……!"

실내 장식에 눈이 팔려 잠시 깜박했다. 자신이 지금 누구
와 함께 있는지를.

"바율 때문이구나? 이번이 황궁 첫 방문이라고 했지?"

제국의 위대한 영웅이자 전설인 란데르트 공작의 유일한
아들. 그간 어디에도 공개되지 않았던 바율이 베르가라에
처음으로 나타났다.

린데만 황태자의 생일을 맞이하여 황제가 친히 초대하였
다는 소문이 진즉에 퍼졌다. 세 번째 결혼을 앞두고 황태자
를 위해 란데르트 공작의 아들을 불러들인 황제의 진정한
속뜻이 무엇일까.

바율의 등장도 등장이지만, 많은 귀족들이 그것을 궁금
해하고 있었다.

"사교계 첫 데뷔를 황궁에서 시작하다니. 바율, 네가 대단하긴 정말 대단하구나."

루빈스키는 별 뜻 없이 한 말이었다. 어마어마한 배경을 지니고도 평소 바율이 잘난 척은커녕 소탈하게 굴다 보니 오늘처럼 이렇게 까먹을 때가 있다. 새삼 느끼는 거지만, 바율이 란데르트 공작의 아들이라는 게 참 다행이었다. 자레드 같은 녀석이 아들이었다면 공작 전하마저도 싫어질 것 같으니까.

"바율, 너무 부담 갖지 마. 처음엔 당연히 보는 눈들이 많겠지. 하지만 시간이 지나면 서서히 줄어들 거야. 이런 자리에 오는 사람이라면 다들 목적이 있기 마련이거든. 그리고 넌 혼자가 아니잖아? 우리도 함께 있을 테니까 겁먹을 것 없어!"

흐릿해진 바율의 안색이 걱정된 듯 에이단이 다정스레 어깨를 두드렸다.

"피할 수 없다면 받아들이고 즐기는 것이 더 멋지게 살아가는 방법이 아닐까?"

어제 작은아버지가 하신 말씀이었다.
그래, 즐기자.

아니, 즐기려고 노력해 보자.

내가 두려워하면 내가 아니라 아버지를 욕보이는 것이다. 존경받아 마땅한 아버지께서 그런 취급을 받으시게 할 순 없었다.

"응, 피할 수 없다면 즐겨야지."

"엉? 뭐라고?"

"내가 아버지의 아들인 이상 난 어디서 뭘 하든 관심의 대상일 수밖에 없어. 아마 평생 그러겠지."

"그래서 피할 수 없다면 즐기겠다?"

"노력하려고. 쉽진 않을 것 같지만."

"홋, 대견한데?"

쏟아지는 시선에 주눅이라도 들면 어쩌나 내심 염려하던 일라이가 피식 웃으며 덧붙였다.

"그렇다면 널 위해 나도 특별히 신경 좀 써야겠군."

"신경을 쓰겠다니?"

"내 미모를 봐라. 대충 입어도 이 정도인데. 꾸미고 가면 어떻겠냐? 다들 날 보느라 넌 안중에도 없을걸?"

"…그러니까 네 말은 네 미모로 주의를 분산시키겠다?"

"정답! 그럼 바율 네가 조금은 더 편하겠지?"

누가 들으면 그게 말이냐 방구냐 하겠지만, 당사자가 다름 아닌 일라이였다. 한 번 보면 절대 잊을 수 없는 미친 외모의 소유자. 그의 등장만으로 파티장은 분명 들썩일 것이다.

사실 그건 지금도 마찬가지였다. 남녀노소를 막론하고 일라이의 아름다움에 넋이 나간 얼굴이 여럿 보였다.

"와, 맞는 말이라서 인정을 안 할 수가 없다!"

루빈스키가 격렬하게 고개를 끄덕이며 긍정했다.

"라이, 널 처음 봤을 때 나도 숨이 턱 하고 멎는 줄 알았거든. 미의 여신이 온대도 너한테는 한 수 접어야 할 것 같아. 널 보고 있으면 현실감이 뚝뚝 떨어진다니까."

"이렇게 직접적으로 칭찬을 듣는 건 되게 오랜만인데?"

수도 없이 들은 말임에도 기분이 좋다. 일라이가 환하게 웃자 루빈스키가 입을 벌리며 감탄했다. 오늘이야말로 눈호강 제대로 하는 날이었다.

"말씀 중 실례합니다만, 바율 공자님 맞으십니까?"

낯선 음색이 끼어든 것은 그때였다. 콧수염을 멋들어지게 기른 웬 중년의 남자가 바율 곁에 와 물었다. 누군지 모르겠지만 태도며 말투 하나하나가 무척이나 정중하고 묵직했다.

"…맞습니다만, 누구시죠?"

혹시 아버지께서 또 찾으시는 건가? 못 보던 얼굴인데?

그런 안일한 생각을 하는데, 사내가 예기치 않은 말을 전했다.

"소인은 린데만 황태자 전하를 모시고 있는 가드너라고 합니다. 황태자 전하께서 바율 공자님을 뵙고 싶다고 하시어 이렇게 모시러 왔습니다."

"…누가 초대하였다고요?"

똑똑히 분명하게 잘 들렸다. 하지만 다시금 확인이 필요했다.

"린데만 황태자 전하이십니다."

"무슨 일로 저를……."

놀란 탓인지 그만 속마음이 그대로 튀어나와 버렸다. 그러자 사내가 뒤로 물러나며 말했다.

"그건 가면 알게 되실 겁니다. 준비 시간이 필요하시면 잠시 밖에서 기다리고 있겠습니다."

"자, 잠깐만요!"

돌아서는 그를 바율이 황급히 불러 세웠다.

"저만 가는 건가요?"

"예, 바율 공자님만 모시고 오라 명 받았습니다."

이제 막 두려워하지 않겠다고 다짐했는데 더럭 겁이 났다. 느닷없이 황태자와의 독대가 웬 말이란 말인가. 어제 작은아버지께 주의할 점에 대해 배우긴 하였지만, 아직 바율에게 황족과의 대면은 버거운 일이었다.

'무슨 말을 어떻게 해야 하는 거지? 잘 모르는 이야기가

나오면 또 어떡하고?'

그야말로 머릿속이 하얬다. 혼자가 되자 자신감이 급격히 하강했다.

'응?'

그러나 바율이 황태자의 궁에 도착했을 땐 더 이상 혼자가 아니었다. 먼저 온 선객이 있었다. 그리고 그 손님을 마주한 순간 바율은 차라리 혼자가 나았겠다고 생각했다.

"오랜만이야."

거만하기 짝이 없는 비음 섞인 목소리.

바로 자레드였다.

2.

"귀신이라도 본 얼굴이네. 뭘 그렇게 놀라지?"

바율과 달리 자레드는 그가 올 것을 미리 알고 있던 눈치였다. 녀석이 특유의 비릿한 미소를 지으며 턱짓했다.

"와서 앉아. 허약한 네 두 다리에 무리가 가면 안 되잖아."

"네가 왜 여기에 있지?"

바율은 떨떠름하게 물으며 녀석의 맞은편으로 가 앉았다.

"너 바보냐? 불렀으니까 왔지, 왜 왔겠냐?"

"내가 물은 건, 정학 중인 네가 어떻게 황궁에 있냐는 거야. 넌 사절단에 뽑히지도 않았잖아."

"사절단? 핫, 지금 장난 까냐?"

자레드가 기가 찬다는 듯 고개를 젖혔다.

"헥터 공작가의 후계자인 내가 그깟 사절단에 들어갈 것 같아? 누누이 말했을 텐데? 난 급이 다르다고."

또 그놈의 급 타령이었다. 뒤로 무슨 얘기가 나올지 뻔했다.

"난 말이지, 사절단 따위가 있든 없든 이런 자리엔 늘 초대받는 몸이야. 남들에게는 황궁 방문이 일생일대에 한 번 있을까 말까 한 경험이겠지만, 나한테는 별장에 놀러 가는 것만큼이나 흔한 일이라고. 이제 좀 이해가 되냐?"

아니, 안 된다.

녀석은 잘못을 저지르고 아카데미에서 벌을 받은 학생이었다. 그런 상황에 아버지가 세도가라는 이유만으로 이곳에 와 있다는 건 잘못된 일이다.

자숙을 해도 모자랄 판에 황궁 놀이가 웬 말이란 말인가. 아무리 녀석의 가문이 대단하다지만 바율로서는 납득하기 어려웠다.

"나 참, 정학 한 번 당했다고 날 물로 보네. 내가 유급 안

당한 거 보면 모르겠냐? 나 같은 애는 무슨 짓을 해도 넘어가게 되어 있어. 그게 바로 세상의 이치라는 거다."

"이치?"

"그래, 너나 나나 부모 복을 타고났다는 얘기지. 우리가 꺼릴 게 뭐가 있냐? 마음만 먹으면 전부 뜻대로 할 수 있는데. 이건 특권이야. 선택받은 자만이 누릴 수 있는 권리라고. 규칙 따위는 없는 놈들 다스리려고 만든 거지, 내가 지키는 게 아니야. 알겠냐?"

녀석의 뻔뻔함이야 익히 알고는 있었지만, 이렇듯 대놓고 티를 내니 훨씬 더 재수가 없다. 고작 열여섯밖에 안 된 미성년의 입에서 나온 말이라는 게 기함할 노릇이었다.

"맞아, 세상엔 이치라는 게 있지."

바율은 자레드의 말을 그대로 따라 했다.

"인과응보라는 말도 그래서 있는 거고."

"갑자기 뭔 소리냐?"

"글쎄. 아직은 나도 잘 몰라서 말이야."

아버지께서 자세히 말씀해 주진 않으셨거든.

"쯧쯧, 맹추 같기는. 그래서 황태자 앞에서 잘도 말하겠다."

"설마 내 걱정해 주는 거야?"

"내 말이 그렇게 들렸나 보지?"

자레드가 소파에 등을 기대며 거만한 자세를 취했다.

"황태자가 널 보면 얼마나 실망하겠냐? 란데르트 공작의 아들이 이런 약골인 걸 알면 황당해서 말도 안 나올 거다. 난 오히려 그게 걱정인데?"

"내가 몸이 좋지 않은 건 이미 널리 알려진 사실이니 그런 걱정이라면 안 해도 돼."

"호오, 너 조금 달라진 것 같다?"

"몸이 약한 게 잘못은 아니니까."

게다가 난 진짜 몸이 약한 것도 아니었고.

바율은 뒷말을 삼켰다. 아버지에 비해 나약한 자신이 늘 싫었던 바율이었다. 하지만 이제는 그렇지 않다. 자신은 아팠던 게 아니라 정령을 봤을 뿐이다.

훗날 정령사가 되어 세상을 이롭게 하는 데 일조한다면, 아버지의 명성에 버금가진 않을지언정 최소한 누는 끼치지 않을 것이다. 바율이 수련을 열심히 하는 또 하나의 이유이기도 했다.

"처음 봤을 땐 어리바리 순둥이더니 이제 제법이다. 비린내랑 땅꼬마 등이 잘해 주나 봐?"

"내 친구들에 대해 함부로 말하지 마. 듣기 불편해."

"비린내를 비린내라고 부르지 그럼 뭐라고 부르냐? 어이, 생선? 이렇게 부를까?"

"여어, 친구! 먼저 와 있었네?"

자레드가 히죽거리며 한껏 비아냥거릴 때였다. 또 다른 손님이 손을 흔들며 나타났다.

"이제 오냐?"

자레드가 반갑게 맞으며 어서 와 앉으라는 듯 자신의 옆 자리를 툭툭 쳤다. 아까도 그렇고 녀석은 여기가 마치 자기 집인 양 굴었다. 황궁에 오는 게 별장 가는 것만큼이나 흔한 일이라고 하더니 황태자와도 꽤 여러 번 만난 모양이었다.

설마 황태자가 이 녀석과 비슷한 부류는 아니겠지?

궁의 주인은 아직 보질 못해 모르겠지만, 새로이 등장한 인물은 자레드와 크게 다를 바 없음을 인사를 나누는 순간 바율은 깨달았다.

"여긴 누구?"

"왜, 내가 전에 말했잖아. 새로운 편입생."

"아아, 픽픽 쓰러지는 게 특기라던 그 쌍둥이 동생?"

"어. 바율, 인사해. 드로우 후작가의 차남, 세자리오 형이야. 어릴 때부터 봐서 난 그냥 친구 먹었는데, 넌 형님 소리 꼭 붙여라. 생긴 것처럼 성질도 엄청 더럽거든."

"내 성질이 뭐가 어떻다고! 방금 전에도 시녀 하나가 화 딱지 나게 구는 거 넓은 아량으로 용서해 주고 왔구먼. 내가 넌 줄 아냐?"

"대낮부터 시녀랑 침대에서 뒹굴었냐?"

"꼴리는 데 밤낮이 어디 있어? 하고 싶을 때 하는 거지."

"미친놈, 여기까지 와서 잘하는 짓이다."

"부러우면 부럽다고 말해. 근신 중인 게 어디 형님한테 까불어? 확 그냥!"

티격태격하는 모양새가 보통 친한 사이가 아닌 듯했다. 아카데미에서 똘마니들을 대할 때와는 천지 차이다. 오가는 대화의 수준은 듣기에 거북할 정도였다. 황태자의 부름만 아니라면 당장 둘에게서 멀어지고 싶었다.

"입에 자물쇠라도 달았어? 뭐가 이렇게 조용해? 연장자인 내가 먼저 인사하라는 거야?"

"…바율입니다."

마음 같아선 한마디도 섞고 싶지 않았지만, 시끄러움은 미연에 방지해야 했다. 바율이 자리에 앉은 채 살짝 목례했다.

"소개가 짧네."

"원래 좀 그래."

가뜩이나 좁은 미간을 더욱 좁게 오므리는 세자리오에게 자레드가 이해하라는 듯 눈을 찡긋했다.

"뭐, 네가 그렇다면 넘어가고. 난 세자리오 폰 드로우. 바실라예프 아카데미 2년생이다. 원래 집에서 좀 먼 캐링스턴으로 가려고 했는데, 이 녀석이 입학할 거라기에 같이

다니기 싫어서 포기했지. 난 이놈처럼 설치는 타입이 아니거든. 어쨌든 앞으로 마주치면 깍듯이 형님으로 모셔라."

"……."

"듣고 있냐? 왜 답이 없어?"

그거야 당연히 형님으로 모시기 싫어서였다. 한 살이라도 형은 형이니 그리 부르는 게 맞긴 하지만, 강한 거부감이 바율로 하여금 입을 다물게 했다.

"너, 가정 교육이 엉망이구나?"

"쟤 어머니가 저 녀석 낳다가 돌아가셨다잖아. 뭐, 안 그랬대도 평민 여자한테 배울 건 없었겠지만."

"어쩐지. 아무리 그래도 개무시를 정도껏 해야지! 아버지 백 믿고 너무 막가는데?"

배경을 등에 업고 망나니처럼 구는 건 다름 아닌 그였다. 헥터 공작가의 위세에는 미치지 못하겠지만, 드로우 후작가는 동부 쪽에서 꽤 알아주는 세력가였다.

세자리오가 다닌다는 바실라예프 아카데미가 있는 캔자스 시는 제국의 제3 도시로, 동부에서 가장 큰 도회지이자 인접국인 가국과의 교역이 매우 활발한 국경 도시였다.

그러한 곳을 지배하는 게 바로 드로우 가문이며, 후작가는 대대로 이름난 명장을 배출한 무가였다. 세자리오의 아버지인 드로우 후작은 란데르트 공작과 같은 마에스터의 경지에 오르진 못했지만, 많은 무인들에게 존경받는 실력자라고 바율은 알고 있었다.

"야, 너 똑바로 대답 안 해? 이게 진짜······."

"황태자 전하 드십니다."

세자리오가 바율에게 윽박지르려는 그때, 시종이 황태자의 등장을 알렸다. 바율과 두 망나니가 벌떡 일어났다.

"좀 이따 보자."

바율을 노려보며 세자리오가 들릴 듯 말 듯 이를 갈았다. 그러나 정작 바율은 차오르는 긴장감에 그런 것에는 신경 쓸 여유가 없었다.

황궁에 와서 처음으로 만나는 황족이었다. 예절 교육이라면 철저하게 받았지만, 상대가 상대이니만큼 실수라도 할까 겁이 났다.

"내가 좀 늦었나?"

드디어 황태자가 실내로 들어섰다. 내일이면 열여덟 살이 되는 린데만 황태자는 키가 훤칠하니 잘생긴 미남이었다. 황제를 닮아 가만히 앉아 있는 것보다 승마나 검술 훈련을 더 좋아한다고 하더니 척 보기에도 신체가 잘 단련된 것이 느껴졌다.

햇볕에 탄 듯 피부는 검은 편이었고 살짝 올라간 눈꼬리에, 파란 눈동자는 당당하고 힘이 넘쳤다. 이제 막 씻고 왔는지 금색의 젖은 머리칼이 그의 어깨에서 찰랑거렸다.

"아닙니다, 전하. 저희도 이제 막 왔습니다."

자레드가 맞나 싶을 정도로 공손하기 그지없는 말투였다. 녀석은 거만함을 집어던지고 황태자에게 허리 숙여 인사했다.

"황태자 전하를 뵙습니다."

바율과 세자리오까지 예를 갖춰 인사하자 황태자가 밝게 웃으며 상석에 자리했다.

"네가 바율이구나?"

황태자의 시선이 바로 바율에게로 향했다. 그의 표정이 모든 것을 말하고 있었다. 바율이 몹시 궁금했노라고.

"몸이 약하다고 들었는데 생각보다 건강해 보여 다행이다. 반가워."

"…인사가 늦었습니다. 이제라도 황태자 전하를 뵙게 되어 영광입니다."

"캐링스턴 아카데미에 들어갔다지? 그럼 자레드와 같은 학년인가?"

긴장한 바율과 달리 린데만 황태자의 음성은 매우 친근했다. 모르는 사람이 보았다면 원래부터 아는 사이라고 오해라도 할 법했다.

"린데만 황태자 전하는 사교술이 매우 뛰어나신 분이다. 상대를 자신의 사람으로 만드는 기술을 타고나셨지. 공식적인 자리가 아니라면 신분도 권위도 내려놓고 상대를 대하시는 편이다.

하지만 명심하거라. 상대는 제국의 황태자다. 네가 그럴 리 없겠다만, 선을 넘는 순간 그의 또 다른 면을 보게 될 터이니."

작은아버지의 말씀이 어떤 의미인지 알 것 같았다. 이제 막 인사를 나누었을 뿐이지만, 린데만 황태자의 친밀한 태도는 바율로 하여금 품었던 경계심을 조금이나마 누그러뜨리는 계기가 되었다.

"예, 황태자 전하. 기숙사도 저와 같은 스톤라이언입니다."

바율을 대신해서 답한 건 자레드였다.

"오호, 스톤라이언? 그 까마귀 둥지가 있다던?"

그간 녀석이 아카데미 이야기를 많이 전한 듯 황태자는 까마귀 둥지까지 알고 있었다.

그곳에서 술을 마시며 체스 게임을 한 것도 알고 있을까?

황태자의 반응이 궁금한 나머지 바율은 충동적으로 그 일을 꺼냈다.

"네, 그곳에서 신고식을 치렀습니다."

"신고식?"

린데만 황태자의 고개가 갸웃거렸다. 자레드의 얼굴이 굳어지는 것을 보니 그건 말하지 않은 모양이었다.

"편입생에게 내려오는 특별한 신고식이라고 하더군요."

"그래? 그런 게 있었어?"

왜 말해 주지 않았냐는 듯 황태자가 자레드를 일별했다.

"혹 황태자 전하께선 체스를 좋아하십니까?"

"체스, 좋아하지. 내가 승부욕이 꽤 있는 편이거든. 근데 그건 왜 묻지? 설마 신고식이란 게 체스 게임인가?"

"네, 황태자 전하."

입학 첫날 밤, 봇짐처럼 끌려가 원치 않는 술을 마셔야 했던 불쾌한 기억이 떠올라 바율은 잠시 잠깐 인상을 찌푸렸다.

"단순한 체스 게임이 아니었나 보군."

황태자의 발언에 자레드가 움찔하는 게 보였다. 조용한 걸 보니 세자리오는 이미 아는 눈치였다.

"게임의 방식은 일반적인 체스와 같습니다. 다만 체스 말이 평범하지가 않더군요."

"평범하지가 않다니?"

"술잔이었습니다."

"이런!"

짐작이 간다는 듯 황태자가 고소를 지었다.

"말이 잡히면, 잡힌 술잔에 든 술을 마셔야 하는 게 규칙이겠군."

"네. 그날 처음으로 술이란 걸 마셨습니다. 블러드 오브 드래곤이라는 이름이었지요. 유명하다고 하던데, 황태자 전하께서도 아십니까?"

"알다마다. 근데 그 독한 술을 네가 마셨다고?"

술을 좋아하고 잘 마시는 사람들도 쉬이 도전하지 못하는 게 블러드 오브 드래곤이었다. 그런 독한 술을 열여섯밖에 안 된 학생에게 먹였다는 게 어이없고 황당하다.

"누가 주모한 거지?"

황태자의 물음에 자레드가 다시 한번 움찔했다. 이래서 사람은 죄를 짓고 살면 안 되나 보다.

녀석이 얼마나 형편없는지 잘 알면서도 바율은 아주 잠시 안쓰럽다는 생각이 들었다. 정말 아주 잠시였다.

"이미 지난 일입니다. 입학 첫날인 데다, 피곤한 상태였기 때문인지 얼굴도 잘 생각이 나질 않습니다."

"감싸 주는 건가?"

"딱히 그런 것은 아닙니다."

자레드가 불쌍해서도 아니었다. 지금 사실을 밝힌다고

해서 달라질 건 없다. 도리어 갖은 핑계를 대며 위기를 모면하려는 자레드 때문에 시끄러워지기만 할 것이다.

황태자의 첫 만남을 그렇게 만들고 싶지는 않았다. 그의 성정이 궁금하여 바율이 먼저 충동적으로 꺼낸 얘기지만, 그뿐. 이쯤에서 마무리를 짓고 싶었다.

"그래서 승부는 어떻게 되었는데?"

바율의 마음이 전해졌는지 린데만 황태자가 미소를 띤 채 물었다.

"숙취로 고생을 좀 하긴 했지만, 이겼습니다."

"오, 체스 좀 두나 보네."

"아버지께 배웠습니다."

"란데르트 공작님의 체스 실력이라면 나도 잘 알지. 통 봐주시는 법이 없어 한 번도 이겨 본 적이 없다니까."

"…그러셨습니까?"

"설마 아들이라고 다르진 않겠지? 그럼 왠지 조금 서운할 것 같은데."

"서운해하지 않으셔도 됩니다."

아버지와의 체스 대결에서 이긴 적이야 많다. 그러나 그때 항상 바일과 함께였다. 바일이 떠난 후로는 아버지와 단 한 번도 체스를 둔 적이 없다. 아니, 체스는커녕 개인적인 시간조차도 가져 본 적 없었다.

"역시 공정하신 분이야. 그래서 내가 존경하는 것이기도 하지만. 하하!"

가식 없이 소리 내어 웃는 린데만 황태자의 모습은 꽤 인상적이었다. 황족이라면 뭔가 다를 거란 고정 관념이 있었는데, 지금 분위기는 친구들과 있을 때와 별 차이를 느끼지 못하겠다.

적어도 자레드 녀석과 같은 부류는 아니야.

다행스러움과 안도감이 찾아왔다.

"그리고 보니 아버지와 떨어져 지내는 게 처음이지? 기숙사 생활은 어때? 할 만한가?"

"네, 좋은 친구들을 사귀었습니다."

바율은 부러 자레드를 보며 말했다.

사람을 급으로 나누는 녀석에겐 몇 번을 얘기해도 소용없으리라는 것을 이미 알고 있었다. 다만, 이건 그냥 경고였다. 더 이상 내 친구들에게 함부로 하지 말라는 경고.

물론 이 역시 들어 먹지 않을 게 분명하지만, 그래도 자리가 자리이니만큼 녀석의 머릿속에는 뚜렷하게 새겨지리라.

"좋은 친구라. 부럽군."

"…황태자 전하?"

순간 린데만 황태자의 얼굴에 쓸쓸한 기색이 떠올랐다가 사라졌다.

"아, 이건 그냥 푸념. 한때 캐링스턴 아카데미에 들어가고 싶었던 적이 있었거든. 캠퍼스의 낭만을 즐기고자 해서."

그래서 아버지에게 떼를 썼다는 얘기까지는 하지 않았다. 다음 대 황위를 이어야 할 황태자가 전원 기숙사 생활을 해야 하는 아카데미에 들어간다는 것 자체가 애초에 말이 안 되는 바람이었다.

"아카데미라면 황도에도 있는데, 굳이 왜……."

"여긴 재미없지. 난 기숙사에 대한 로망도 있었거든."

"아."

"그리운 사람도 있고."

'그리운 사람……?'

"참, 체스라면 자레드도 좋아하지 않았나?"

황태자는 뜬금없는 말로 바율을 의문에 빠뜨려 놓고는 급작스레 화제를 돌렸다. 관심이야 환영할 일인데 하필이면 왜 체스인지, 자레드의 얼굴에 당황스러움이 고스란히 드러났다.

"…예, 황태자 전하. 가끔 두고 있습니다."

"언제 다 같이 체스 게임이라도 하면 좋겠군. 우리도 술 먹기 체스 어때?"

"성인이 될 때까지 기다려 주신다면 전 좋습니다."

먼저 답한 건 바율이었다.

"…저도 황태자 전하께서 원하신다면 언제든지 좋습니다."

바율의 호기에 지지 않겠다는 듯 조금 늦게 자레드가 대답했다.

"세자리오도 낄 거지?"

남은 건 세자리오뿐이다. 탐탁지 않은 눈빛으로 바율과 황태자 사이의 오가는 대화를 지켜보고 있던 그가 당연하다는 듯 고개를 끄덕였다.

"물론입니다. 황태자 전하의 명을 제가 어찌 어길 수 있겠습니까?"

"어라? 내 말이 명령으로 들렸어?"

"아니었습니까? 제가 잠시 딴생각을 좀 하느라……."

"딴생각?"

"송구합니다. 주변도 잊으신 채 너무나 즐겁게 담화를 나누시는 모습에 제가 괜한 발걸음으로 황태자 전하의 시간을 뺏는 것은 아닌지 심히 저어되어서 그만……."

자신을 한없이 낮추고 있지만, 말씨에 가시가 있다. 그의 속말을 해석하자면 이렇게 꾸어다 놓은 보릿자루 취급할 거면 왜 불렀냐는 뜻이었다.

"내 귀에는 손님을 불러 놓고 너무 성의 없는 것 아니냐는 질책으로 들리는데, 맞아?"

세자리오가 비껴서 공격했다면, 황태자는 정공을 택했다. 그가 언짢은 기색을 숨기지 않고 맞받아치자 세자리오가 고개를 조아리며 부인했다.

"황태자 전하, 오해이십니다. 저는 절대 그런 뜻으로 드린 말씀이 아니옵니다!"

그때 바율을 데리러 왔던 사내 가드너가 급히 들어와 보고했다.

"황태자 전하, 그레이스 황녀 전하께서 찾아오셨습니다."

"그레이스가?"

이 시각이라면 녀석이 티타임을 하고 있을 시간이었다. 황태자가 이상하다는 듯 되묻자 가드너가 덧붙였다.

"휘월 공주님께서도 함께 오셨습니다."

'휘월 공주?'

그녀라면 바율도 알고 있었다. 실제로 본 적은 없지만, 역사 시간에 배웠다.

아들만 내리 다섯을 낳다가 마지막에 극적으로 얻었다는 가국의 금지옥엽 외동딸. 아버지인 무무왕의 총애를 한 몸에 받고 있는 그녀는 올해 열다섯이 되었다. 그녀가 황태자의 성년식을 축하하기 위해 제국을 방문한 모양이었다.

"들어오라고 해."

동생뿐이라면 돌려보냈겠지만, 휘월 공주가 같이 왔다니 그럴 수 없다. 혼자라면 뻔히 거절당할 것을 아는 깜찍한 동생님께서 얕은수를 쓴 것이다. 린데만 황태자는 짧게 한숨을 내쉬며 결국 허락할 수밖에 없었다.

그리고 바율은 보았다. 좀 전의 상황은 전부 잊기라도 한 듯 서로를 들뜬 눈빛으로 바라보는 자레드와 세자리오의 모습을.

Chapter 4.
첫 번째 응징

1.

옆방에 다과가 차려졌다. 사면 중 두 면이 바로 정원과 맞닿아 있는, 실내인지 실외인지 모를 조금은 특이한 곳이었다.

벽과 천장이 온통 나무 넝쿨로 뒤덮여 있고, 바닥에는 색색의 꽃과 푸른 잔디가 보기 좋게 깔려 있었다. 가구라고는 통나무로 만들어진 둥근 테이블과 의자뿐이었는데, 최소한의 가공만을 거친 거의 자연 그대로의 상태였다.

"겨울 정원에 오신 것을 환영합니다."

휘월 공주 때문인지 황태자의 말투가 변했다. 그가 친히 공주를 위해 의자를 빼 주었다.

"감사합니다, 린데만 황태자님."

휘월 공주가 가볍게 목례하며 먼저 자리에 앉았다.

"사계절 중 겨울의 모습이 가장 아름답다 하여 겨울 정원이라 불리는 곳입니다. 지금처럼 귀한 손님을 모시거나 머리를 식히고 싶을 때 종종 오고는 합니다. 티타임을 갖기에 더없이 좋은 장소이거든요."

"겨울 정원. 왠지 이름이 마음에 드네요. 지금도 이렇게 멋진데 그때의 모습은 어떨지 무척 궁금해집니다."

린데만 황태자의 설명에 휘월 공주가 정원을 돌아보며 감탄했다. 그녀는 가국어가 아닌 제국 공통어를 사용했는데, 가국 특유의 피부색과 외모만 아니었다면 제국인이라고 착각했을 만큼 구사 능력이 완벽했다.

"궁금하면 겨울에 또 오면 되지! 아니다, 그냥 겨울까지 나랑 여기 있을래?"

그레이스 황녀가 분홍색 머리칼이 흔들릴 정도로 격하게 반응했다. 휘월의 황궁 방문은 그녀의 지루한 일상에 단비처럼 내려진 선물이었다. 휘월이 오래오래 머물렀으면 하는 게 지금의 그레이스에겐 인생 최대의 소망이라고 해도 과언이 아니었다.

"그레이스, 다른 손님도 있는데 존칭을 사용해야지."

"오빠, 공식적인 자리도 아닌데 굳이 그럴 필요까지 있어? 휘월은 내 가장 친한 친구야. 친구한테 존칭이라니 너무 이상하잖아. 안 그래요, 바율 공자님?"

황태자의 지적에 못마땅한 얼굴로 대꾸하던 그레이스 황
녀가 느닷없이 바율에게 동의를 구했다.

"네, 뭐…… 저는 괜찮습니다."

당황한 바율이 머뭇거리며 대답하자 그레이스가 그것 보
라며 큰소리쳤다.

"들었지? 오빠는 다 좋은데 가끔 너무 딱딱하고 고리타
분해서 문제야. 옛날엔 안 그랬는데 나이 먹더니 변했어.
나중에 새언니한테도 그러는 거 아니야?"

후우, 널 누가 말리겠니.

말은 안 했지만 황태자의 표정이 딱 그러했다. 그가 두통에
시달리는 사람처럼 관자놀이를 꾹 누른 채 고개를 내저었다.

"그보다, 소개 안 해 줄 거야?"

바율을 향한 그레이스의 파란 눈동자가 반짝반짝 빛났
다. 오늘 그녀가 휘월까지 대동하고 오라비를 찾아온 결정
적 사유였다.

"방금 전에 그럴 틈도 안 주고 먼저 말을 건넨 게 누구였
더라?"

"그건 내 뜻을 정당하게 관철시키기 위한 어쩔 수 없는
선택이었어."

또박또박 말은 잘한다.

"…바율, 이쪽은 그레이스. 이미 짐작했겠지만, 일국의 황녀답지 않게 매우 철이 없는 편이지."

"오빠!"

"그래도 속정 깊고 마음은 착한 아이이니 흉보지는 말았으면 해."

매섭게 휘어지던 그레이스 황녀의 눈썹이 오라비의 마지막 말에 원래대로 돌아왔다. 동생을 나무라고는 있지만, 그레이스 황녀를 보는 린데만 황태자의 눈빛은 줄곧 따듯했다.

"올해로 15세가 된 그레이스 황녀님은 황태자 전하와 달리 조금 까다롭고 별난 성정을 지니셨다. 폐하께서 종종 눈에 넣어도 아프지 않다고 말씀하실 정도로 애정을 듬뿍 주신 덕이지.

그레이스 황녀님을 만나면 무례하다 여겨질 상황이 여러 번 닥칠 것이다. 그때마다 놀라지 말고 요령껏 잘 대처하거라. 아직 분별력이 없어 그러할 뿐, 본성이 나쁜 분은 아니란다.

참고로 황태자 전하와 황녀님의 사이는 제법 우애가 깊단다. 배다른 남매이긴 하나, 둘밖에 없어서인지 어려서부터 잘 지내시는 듯하다."

작은아버지 말씀대로였다. 겉으로는 티격태격 옥신각신하고 있지만 중간중간 서로를 아끼는 둘의 진심이 엿보였다. 보고 있으면 괜히 기분이 좋아지는 남매였다.

"바율 로마노프 혼 란데르트입니다. 그레이스 황녀 전하를 뵙게 되어 무한한 영광입니다."

바율은 자리에서 일어나 정식으로 예를 갖춰 인사했다.

"엄청 궁금했어요! 란데르트 공작님의 아드님은 어떤 분일까 하고요! 원래는 내일 연회까지 기다렸어야 했는데 오빠가 초대했다는 소리를 들었지 뭐예요? 도저히 가만히 있을 수가 없어서 이렇게 와 봤답니다."

양손을 맞잡은 그레이스 황녀의 모습은 흡사 감격이라도 한 것 같았다.

"…이제 좀 궁금증이 풀리셨습니까?"

"아니요! 물어볼 게 산더미처럼 많은데 그럴 리가요!"

"저에게…… 말입니까?"

"네! 란데르트 공작님께선 어떤 음식을 좋아하시나요? 고기? 생선? 아니면 채소? 해밀턴에 계실 땐 주로 뭘 하고 지내시죠? 아침잠은 많으신 편인가요? 기사단 훈련은 하루에 몇 시간 정도 하나요? 밤에 주무시기는 하는 것 맞죠?"

엑?

바율이 아버지에 대한 질문을 우르르 쏟아 내는 그레이

스 황녀를 황당하다는 듯 쳐다보자, 린데만 황태자가 참았던 한숨을 길게 몰아쉬며 끼어들었다.

"그레이스, 그만 좀 자중하는 게 좋겠는데."

"오빠, 지금이야말로 란데르트 공작님의 정보를 알아낼 수 있는 절호의 기회야! 그분에 대해 아들인 바율 공자님보다 잘 아는 사람이 누가 있겠냐고. 이참에 공작님에 관한 전부를 알아내고 말겠어!"

그랬다. 그녀는 란데르트 공작의 엄청난 팬이었다. 일곱 살이 되던 해, 황실 도서관에서 공작의 위인전을 읽은 이후로 지금까지 쭉 공작을 사모해 왔다.

천방지축에 가끔은 안하무인이기까지 한 그녀지만 정작 란데르트 공작 앞에선 더없이 조신하게 구는 이중성을 보여 가끔 린데만 황태자를 자괴감에 빠뜨리고는 했다.

"바율, 그냥 적당히 흘려들어. 이 녀석이 워낙에 공작님을 동경해서 말이야."

"어머나? 흘려듣기는 뭘 흘려들어! 내가 그간 얼마나 궁금했던 것들인데! 오빠 정말 이럴래?"

"그레이스."

"왜!"

"휘월 공주 생각도 해야 하지 않을까?"

"아, 맞아! 깜박했다."

그러고 보니 아직 소개가 끝나지 않았다. 마음이 급한 나머지(공작에 대한 애정도가 너무나 높은 나머지) 정신없이 질문부터 쏟아 낸 뒤에야 그 사실을 깨달았다.

"휘월 공주, 여긴 앞서 들으셨던 대로 란데르트 공작님의 아들 바율입니다. 이쪽은 헥터 가문의 장남 자레드, 드로우 후작가의 차남 세자리오입니다."

이 순간이 오기만을 기다렸다. 린데만 황태자의 소개가 끝나기가 무섭게 자레드와 세자리오가 자신들의 존재를 강하게 어필했다.

휘월 공주 때문이었구나.

좀 전에 반색하던 의미가 무엇이었는지 이제야 알 것 같다. 아무리 순진한 바율이라도 모를 수가 없었다. 휘월 공주를 바라보는 자레드와 세자리오의 눈빛은 여인에 대한 갈망이자 열망이었다.

타국의 공주라는, 그것도 가국의 왕이 누구보다 총애한다는 탄탄한 배경 탓인지 아니면 이국적이면서도 아름다운 그녀의 외모 탓인지 정확한 까닭은 모르겠다.

다만 둘 중 무엇이든 간에 두 녀석을 홀리기에는 충분했다.

휘월.

가국어로 아름다운 달이라는 뜻이다. 꼭 이름 때문이 아니더라도 바율은 그녀를 처음 보고 달을 떠올렸다.

컴컴한 밤하늘에 홀로 당당히 떠올라 어둠을 밝히는 존재. 열다섯이라는 나이가 무색할 정도로 휘월 공주의 아름다움엔 깊이가 있었다.

흑요석처럼 빛나는 두 개의 검은 눈동자가 바율을 곧이 응시했다. 제국에선 볼 수 없는 황색의 피부가 낯설면서도 신비한 느낌을 더했다. 허리까지 내려오는 풍성하고도 긴 까만 생머리는 비단결처럼 고왔다. 싱그러운 과실을 머금기라도 한 듯 아담한 그녀의 붉은 입술이 촉촉하게 빛났다.

"통성명이 늦었네요. 휘월입니다. 예정에 없던 합석으로 세 분을 곤란케 한 것은 아닌지 모르겠습니다."

"곤란이라니요. 당치도 않습니다! 휘월 공주님을 뵙게 되어 저희야말로 영광이지요."

"듣던 대로 굉장한 미인이십니다. 어제 꿈자리가 좋더니, 이런 행운이 찾아오려고 그랬나 봅니다. 만나 뵙게 되어 너무나 광영입니다."

"저도 이렇게 세 분을 직접 만나게 돼서 기쁘네요. 특히 바율 공자님은 저도 많이 궁금했답니다."

"…네?"

"그레이스에게 귀가 닳도록 들었거든요."

그녀가 구체적으로 말을 안 해서 그렇지, 사실 거의 세뇌 수준이었다. 주로 란데르트 공작에 대한 이야기가 많았지만, 혈육이다 보니 바율도 종종 거론되고는 했다.

"내가 뭐 얼마나 얘기했다고 그래."

뾰로통한 친구의 말에 휘월 공주는 그저 웃었지만, 그 웃음 뒤에 어떤 고충이 있었을지 바율은 내심 짐작이 갔다.

"휘월 공주님, 먼 곳까지 오시느라 얼마나 고생이 많으셨습니까. 홀로 타국에서 지내시는 게 쉽지 않을 텐데, 혹 불편하신 점은 없으십니까? 말씀해 주시면 부족하나마 제가 도움을 드리고 싶습니다만."

"불편할 게 뭐가 있겠나요. 오히려 너무 잘 지내고 있어서 탈인걸요. 그래도 그리 물어봐 주셔서 감사합니다, 자레드 공자님."

휘월 공주가 이름을 불러 주자 자레드의 입이 헤벌쭉 벌어졌다.

"바율 공자님! 란데르트 공작님을 아버지를 두신 기분은 어떤가요? 태어나 보니 우리 아빠가 란데르트 공작님이라니! 대체 전생에 어떤 덕을 쌓으셨기에 그런 행운을 잡으신 거죠? 너무 부러워요!"

소개가 끝났다 여겼는지 그레이스 황녀의 질문 공세가 다시금 이어졌다.

"다음 생이 있다면 나도 꼭 란데르트 공작님의 딸로 태어나야지!"

다짐하듯 외치는 그녀의 음성은 거짓이라고는 전혀 담겨 있지 않은 순도 백 프로의 진심처럼 들렸다.

"그레이스 황녀 전하, 외람된 말씀이오나 황녀 전하에 비하면 바율 공자도 행운이라고 할 수는 없을 듯합니다. 황제 폐하의 따님으로 태어나신 제국의 황녀가 아니십니까? 세상 사람은 바율 공자가 아니라 그레이스 황녀 전하를 더 부러워할 것입니다."

"그건 자레드 공자가 뭘 모르고 하시는 말씀 같군요."

"…예?"

"란데르트 공작님이 어떤 분이신가요? 제국 역사상 최초로 마에스터의 경지에 오른 이 나라의 영웅이자 대륙의 절대 강자이십니다. 수천수만의 기사가 그분을 주군으로 모시고 따르고 있어요. 어찌 보면 황제 폐하보다도 더 큰 힘을 지니고 계신 분입니다."

"그레이스!"

"알아, 오빠. 이런 말 하면 안 되는 거. 하지만 한마디만 더할게. 내가 란데르트 공작님을 좋아하는 건 그럼에도 불구하고 진심으로 아바마마를 모시기 때문이야. 오만한 사람이었다면 진즉에 탈이 나도 났겠지. 가진 힘을 제대로 쓸 줄 아시는 분. 그런 분의 아들이기에 바율 공자가 부럽다고 말한 겁니다."

아시겠어요?

그레이스 황녀의 시선이 뾰족했다. 딴에는 자신이 사모해 마지않는 란데르트 공작이 무시당하는 것 같아 발끈한 것인데, 당하는 입장에선 억울하기 짝이 없다. 멍청한 황녀가 잠시 신분을 망각한 것 같아 일러 준 것이 무슨 죄란 말인가.

그간 란데르트 공작을 선망하는 많은 귀족 여인들을 봐 왔지만, 이건 거의 병적 수준이었다. 저 망할 황녀가 틈만 나면 공작 이야기를 꺼내는 통에 정작 휘월 공주와 대화를 나눌 시간도 부족했다.

'란데르트 공작이 뭐 그리 대수라고!'

황녀만 아니었으면 진즉에 밟아 버렸을 텐데, 그걸 못하는 게 한이었다.

"그레이스, 자레드 공자님은 너도 바율 공자님 못지않게 큰 복을 타고났다는 말씀을 하시고 싶었던 거야. 결코 란데르트 공작님을 비하할 목적으로 하신 말씀이 아니야. 그렇죠, 자레드 공자님?"

"…맞습니다! 제 부족한 언행으로 언짢으셨다면 황녀 전하께 사죄드립니다."

"그래요? 뭐, 제가 오해한 거라면 넘어가죠."

"그런데, 휘월 공주님께선 제국어가 어렵지 않으십니까?"

분위기가 저조할 땐 화제를 돌리는 것만큼 좋은 방법은 없다. 세자리오가 이때다 싶었는지 치고 들어왔다.

"사실 이건 비밀인데요. 아까부터 머리가 조금씩 아파 오고 있답니다."

"저런, 그러셨습니까?"

"어릴 때부터 배우긴 했지만, 제국어로 대화하는 건 늘 쉽지 않네요. 특히 발음이 제일 힘들어요."

"너무 완벽하게 잘하셔서 그러신 줄 전혀 몰랐습니다. 머리까지 아프실 정도라니…… 황태자 전하."

갑자기 세자리오가 황태자를 향해 몸을 틀었다. 그런 그의 입에서 흘러나온 건 제국 공통어가 아닌 가국의 언어였다.

"휘월 공주님을 위해 잠시 동안만이라도 가국어를 사용하는 것이 어떨는지요. 멀리서 오신 귀한 분인데 그렇게라도 돕는 것이 도리가 아닐까 여겨집니다."

"세자리오, 이미 가국어로 말하고 있으면서 뭘 물어? 내 허락을 구하면 뭐가 달라지기라도 하나?"

"무례했다면 송구합니다. 황태자 전하의 가국어 실력을 익히 아는지라 저도 모르게 그만……."

"가국어라면 나보다 세자리오가 낫지."

내가 그 속을 모를까 봐?

세자리오의 고향인 캔자스는 가국과 인접한 도시였다. 가국과의 교역이 활발한 그곳에서 나고 자란 세자리오가 가국어를 못한다면 그게 더 이상할 것이다.

휘월 공주에게 관심을 보이는 걸 진즉에 눈치챘다. 언어 실력으로 매력을 뽐내려나 본데, 그게 먹힐 거라고 생각했다면 녀석은 바보였다.

'휘월 공주를 몰라도 너무 모르는군.'

"과찬이십니다. 그저 흉내 내는 수준에 불과합니다."

말과 달리 세자리오의 얼굴엔 자부심이 넘쳤다. 아까부터 바율에게만 관심이 쏠리는 것 같아 짜증이 났었는데, 이걸로 어느 정도는 만회가 될 것 같았다.

'훗, 날 보는 휘월 공주의 눈빛도 달라지겠지.'

"세자리오 공자님의 배려에 감사드립니다. 오랜만에 가국어로 말하니까 정말 기분 좋네요."

휘월 공주가 고마움을 전하자 세자리오가 입이 찢어져라 미소를 지었다. 반면 자레드의 얼굴은 똥이라도 씹은 듯했다.

"자레드 공자님? 어디가 불편하신가요?"

"…아, 아닙니다."

"안색이 안 좋아 보여요. 따듯한 차라도 다시 한 잔 드시겠어요?"

"아, 그게……."

휘월 공주가 손수 차를 따르기 위해 주전자로 손을 가져 갈 때였다.

"설마 너 가국어 못 알아듣는 거냐?"

친구의 물음에 자레드의 두 뺨이 화악 붉어졌다.

"아, 미안. 전혀 몰랐네."

'네 녀석이 몰랐다고?'

그럴 리가 없음을 누구보다 자레드가 가장 잘 알았다. 저를 돋보이게 하기 위해서 감히 날 이용해?

'비열한 새끼! 내가 가만두나 봐라!'

하지만 지금은 쪽팔린 게 먼저였다. 다른 사람도 아니고 휘월 공주 앞에서 망신을 당하다니, 세자리오 자식을 찢어 죽여도 시원찮았다.

"바율, 너는 어때? 당.연.히. 가국어로 얘기하는 거 가능하겠지?"

"네, 잘은 못하지만요."

"캐링스턴 아카데미엔 가국어 과목이 없나?"

"있습니다."

"그래? 근데 이 녀석은 왜 못하지?"

"언어 영역은 선택 과목이라서, 배우는 언어가 전부 같지는 않거든요. 아마 그래서 그럴 겁니다."

아무리 가국어를 몰라도 눈치까지 없지는 않다. 돌아가는 대화가 어떤 상황인지 충분히 그림이 그려졌다. 욕설이 튀어나오려는 것을 겨우 참으며 자레드가 세자리오를 노려봤다.

"…너 근데 왜 계속 제국어로 말하는 거야?"

자레드의 매서운 시선을 피하며 세자리오가 물었다. 내심 그는 바율의 가국어 실력을 의심하는 중이었다. 묻는 말에 또박또박 대꾸는 하고 있는데 제국어로 답하는 게 수상하다. 듣기만 되는 건가?

"저까지 가국어를 사용하면 안 될 것 같아서요."

"안 되다니? 뭐가?"

"이런 자리에선 모두가 알아들을 수 있는 언어를 사용해야 한다고 생각했습니다."

무리에서 알아듣지 못하는 사람이 한 명이라도 있다면, 그 언어는 사용하지 않는 것이 옳다. 알아듣지 못하는 이가 받을 수모와 상처를 생각한다면 당연히 그래야 했다. 그게 설사 꼴 보기 싫은 자레드라 할지라도 말이다. 이건 상식이고 예의의 문제였다.

"바율 공자님의 말씀이 맞아요. 자레드 공자님께서 소외감을 느끼실 수도 있는 건데, 저희가 미처 배려하지 못했습니다."

"아, 아닙니다! 전 괜찮습니다!"

전혀 괜찮지 않으면서 자레드가 극구 부정했다.

'감히 바율 네가 날 동정해?'

대충 가국어로 대꾸하고 넘겼으면 조용했을 일이 놈 때문에 커지면서 가국어를 못한다는 사실만 더 부각되었다. 자신을 위하는 척하지만 바율 역시 결국 본인을 돋보이기 위한 수작질이었다. 그런 생각에 자레드는 분통이 터졌다.

"나도 바율 말이 옳다고 생각해. 가국어는 다음에 기회가 생기면 그때 다시 하고. 지금은 제국어로 돌아가기로 하지."

"와, 찬성! 숨 막혀 죽을 뻔했네!"

가국어가 나온 이래로 조용히 차만 홀짝이고 있던 그레이스 황녀가 살았다는 듯 손을 번쩍 들었다.

"그레이스, 그러고 보니 한마디도 안 했네? 요즘 가국어 공부 열심히 했다면서 거짓말한 거야?"

"아니, 나 정말 열심히 했어. 문제는 내가 소질이 없는 것 같다는 거야."

"소질?"

"어, 너무 어려워! 가국어 배울 시간만 되면 머리에서 뎅뎅 종이 울리는 기분이라니까. 여긴 어디, 나는 누구? 이런 심정이랄까."

"그레이스, 네게 어렵지 않은 게 있긴 했던가?"

"오빠, 오빠 말이 틀린 건 아닌데 가국어는 특히 그렇다니까? 외국어에 대한 재능이 유난히 떨어지는 것 같단 말이야."

오라비의 가차 없는 발언에 그레이스가 볼멘소리로 투덜거렸다.

"내가 황녀로 태어난 게 새삼 얼마나 다행인지 몰라. 귀족가에서 태어났으면 꼼짝없이 아카데미에 잡혀가 공부만 했을 거잖아. 어후, 생각만으로도 끔찍하다!"

"아까만 해도 다음 생에는 란데르트 공작님의 딸로 태어나고 싶다고 하지 않았나?"

"공작님은 당연히 예외지! 그분 딸로 태어날 수만 있다면 뭔들 감수 못 하겠어! 근데 오빠, 자꾸 딴지 걸 거야? 엉?"

"난 그냥 오라비로서 네 말의 모순을 짚어 주었을 뿐이란다."

"우 씨, 예외라니까 모순은 무슨! 핵심은 아카데미에 안 가도 되어서 너무나 다행이다, 이거라고!"

"나는 가 보고 싶어. 특히 캐링스턴 아카데미에."

"어라? 휘월, 뭐라고?"

"캐링스턴 말이야. 예전부터 늘 궁금했거든. 거긴 황도와는 분위기가 전혀 다르다며? 제국에서 제일 역동적이고 생동감이 넘치는 도시라고 들었어. 정말 그런가요, 자레드 공자님?"

간신히 끓어오르는 분노를 잠재우던 차였다. 잃어버린 점수를 만회하고자 만면에 웃음을 띠고 자레드가 기꺼이 답변했다.

"네, 휘월 공주님. 아주 많이 다른 곳이죠. 캐링스턴 항구에 하루 동안 오고 가는 물자의 수가 어느 정도인지 아십니까?"

"…많겠죠?"

"하하, 네. 맞습니다. 그 수를 전부 셀 수조차 없다는 게 문제라면 문제죠. 그런데 사람은 그보다 더 많답니다. 가국 사람들도 심심찮게 볼 수 있는 곳이 바로 캐링스턴이죠."

"세계 각국의 다양한 사람들이 모이는 곳이다 보니 자연스레 문화의 교류가 생겨났고, 그것이 발전하여 캐링스턴만의 독특한 특색을 갖추게 된 것입니다. 제국 밖을 나가지 않고도 다양한 경험을 할 수 있는 곳. 그래서 저 역시 캐링스턴 아카데미를 꿈꿨던 적이 있었죠."

황태자의 부연 설명에 자레드의 어깨가 으쓱했다. 4년이나 처박혀 지내야 한다는 게 여전히 소름 끼치게 싫긴 했지만, 이럴 땐 제법 기분이 괜찮다. 캐링스턴 아카데미 출신이라는 간판은 지금도 그렇지만 훗날에도 꽤 써먹기 좋은 도구였다.

"기숙사 생활을 해야 한다는 단점이 있긴 하지만, 많은 것을 배울 수 있어서 저는 만족합니다. 언제고 캐링스턴에 오시게 된다면 꼭 연락 주십시오. 제가 기꺼이 안내하겠습니다."

"기숙사에서 지내시는 게 불편하신가요? 어째서 단점이라고 하시는지……?"

"아무래도 방 하나를 친구와 같이 나누어 쓰다 보니 불편한 점들이 있을 수밖에요. 그래도 전 바율보다는 나은 편입니다. 최소한 룸메이트가 저와 같은 인간이긴 하니까요."

"…바율 공자님의 룸메이트는 인간이 아니라는 뜻인가요?"

"네, 이 녀석의 룸메이트는 인어족입니다. 미개한 나라에서 뭐라도 배워 보고자 유학을 온 셈이죠. 저는 아카데미측에서 놈을 받아 준 이유를 도통 모르겠습니다. 숙이고 들어와도 모자랄 판에 제 주제도 모르고 어찌나 건방을 떠는지, 같은 방을 쓰는 바율이 그저 안타까울 뿐입니다."

진심으로 딱하다는 듯 바율을 보고 있지만, 녀석의 눈빛엔 조소가 가득했다.

그렇게 경고했는데 역시나 소용없는 짓이었구나.

이런 자리에서까지 퀸을 욕되게 구는 자레드의 행태에 바율은 전에 없이 화가 치솟았다. 에이단을 도둑으로 몰았던 것, 야시장에서의 일 등 모든 크고 작은 사건의 발단은 언제나 녀석이었다. 뭐 하나 녀석의 바람대로 끝난 것이 없는데 반성은커녕 포기를 모른다.

이것도 근성이라면 근성이었다. 근성이란 단어를 이런 식으로도 사용할 수 있다는 게 우스운 한편 기가 막혔다.

―바율, 내가 혼내 줄까?

정원에서 놀고 있던 이노센트가 바율의 감정 변화를 읽고 날아왔다.

―얘는 왜 자꾸 바율 신경을 건드리는 거야? 너 계속 그러면 내가 확 물벼락 뿌려 버린다!

자레드를 째려보며 이노센트가 고래고래 소리를 질렀다. 물론 그 모든 장면은 바율에게만 보였다.

'그래, 이노센트. 그렇게 해 줘.'

―어? 정말? 정말 그래도 돼?

늘 안 된다고만 하던 바율이 허락하자 이노센트가 고개를 갸웃했다.

'대신 최대한 티 안 나게 할 수 있지?'

바율이 사람들 앞에서 자신을 드러내길 꺼린다는 걸 잘 아는 이노센트였다. 그런 바율이 이런 부탁을 한다는 건 진짜로 화가 많이 났다는 뜻이다.

―헤에, 너 오늘 잘 걸렸다!

안 그래도 심심했는데 본때를 보여 줘야지. 천진한 웃음 소리와 함께 이노센트가 날아올랐다.

"귀하신 분들 앞에서 이런 표현을 써도 될지 모르겠지만, 성깔이 아주 보통이 아닙니다. 본인 처지도 모르고 도도한 척 고상을 떠는 모습이, 가관도 그런 가관이 없지요."

"천한 인어 따위가 감히 인간과 함께 생활하려고 하다니, 그 자체로 어이가 없군."

세자리오까지 합세했다. 가국어 일로 잠시 뻘쭘하게 있던 그가 동조하며 끼어들었다.

"바율, 왜 말이 없어? 너도 비린내 자식에게 쌓인 거 많지 않아?"

'비린내?'

도를 지나친 말에 황태자의 미간이 좁아졌다. 그레이스와 휘월 공주 역시 동시에 눈살을 찌푸렸다. 이노센트가 움직인 것은 그때였다.

─퀸을 비린내라고 부르지 마앗!

피식 웃으며 찻잔을 입으로 가져가던 자레드가 그만 손을 놓쳤다. 정확히는 찻잔의 찻물이 갑작스레 출렁이며 자레드의 손등을 적신 것이다. 뜨거운 김이 모락모락 올라오던 찻물이 그대로 녀석의 허벅지로 쏟아졌다.

"앗, 뜨거워!"

자레드가 비명을 지르며 찻잔을 내던졌다. 그 성급한 움직임이 또 다른 참사를 불러왔으니, 테이블이 흔들리며 그 위에 놓여 있던 주전자가 녀석을 향해 미끄러졌다.

"으아악!"

새 물을 내온 것이 화근이었다. 주전자의 물이 콸콸 쏟아지며 자레드의 허벅지 사이로 스며들었다.

"이익, 미친……!"

그곳이 화끈거리며 이루 말할 수 없는 고통이 수반되었다. 자레드가 허리를 굽힌 채 시녀를 향해 욕설을 내뱉었다.

"소, 송구합니다! 요, 용서해 주세요!"

시녀는 잘못한 것도 없으면서 발발 몸을 떨며 바닥에 납작 엎드렸다. 그녀는 늘 하던 대로 식은 물을 교체했을 뿐이다. 그래야 귀하신 분들이 차를 더 맛있게 드실 테니까.

하나 상대는 헥터 공작의 아들이었다. 공작의 유일한 후계자를 저리 만들어 놨으니 이제 자신은 죽은 목숨이었다.

촤아악!

그때 갑자기 웬 기다란 나무줄기가 자레드를 덮쳤다. 마치 누군가 채찍을 휘두르기라도 하듯, 그것이 자레드의 등을 세차게 내려쳤다.

"으헉!"

녀석이 그대로 바닥에 곤두박질쳤다. 이마가 부딪치며 쿵 소리가 났다.

그것이 끝이 아니었다. 나무줄기가 크게 한 번 더 반동하더니 이번에는 세자리오를 목표로 날아갔다.

"어엇!"

피하려고 했지만, 어찌 된 연유인지 발이 떨어지지가 않았다. 공포로 일그러진 녀석의 얼굴로 나무줄기가 돌진했다.

"끄아악!"

순식간에 아수라장이 되었다. 방금 전까지만 해도 멀쩡하던 두 녀석이 눈도 못 뜬 채 고통에 몸부림을 치고 있다. 황태자는 너무 놀란 나머지 이 상황이 현실인지 허상인지 잠시 분간이 안 갔다.

자레드와 세자리오를 강타한 나무줄기는 이후로 서서히 속도를 줄이더니, 곧 천장에 힘없이 대롱대롱 매달렸다.

"빠, 빨리 신전으로 옮기거라!"

갑작스러운 사태에 멍해 있던 황태자가 정신을 차리고 황급히 명령하자 시종들이 달려와 둘을 재빨리 데려갔다.

"오빠, 나도 가 볼게!"

"그레이스, 같이 가!"

아무리 철없는 그레이스라도 상황의 심각성을 모르지 않

았다. 귀족이 다쳤다. 그것도 헥터 공작가와 드로우 후작가의 자제들이다. 오해가 생기기 전에 막아야 한다.

"그레이스, 부탁하마."

서둘러 뛰어나가는 동생과 휘월 공주의 뒷모습을 바라보는 린데만 황태자의 얼굴은 어느 때보다 딱딱했다.

그는 따로 갈 곳이 있었다. 당장 아버지를 만나야 했다.

그의 궁에서 신전까지는 꽤 거리가 멀다. 가는 도중에 누구를 만날지 알 수 없다. 보는 눈도, 듣는 귀도 많은 이 황궁에 하필이면 그의 생일을 맞아 평소보다 훨씬 많은 눈과 귀들이 와 있다.

이상한 소문이 나돌기 전에 아버지께 직접 보고하는 것이 옳았다.

'대체 왜 이런 사고가 한꺼번에 터진 걸까.'

깨진 찻잔과 천장에 늘어진 나무줄기를 향한 황태자의 눈은 의문으로 가득했다. 이건 누가 일부러 작정하고 일을 벌였다고 생각하는 편이 오히려 믿기 쉬웠다.

'참으로 귀신이 곡할 노릇이군.'

황태자가 고개를 절레절레 저으며 돌아섰다.

'응?'

그때 그의 시야에 이상한 게 잡혔다.

'왜 전혀 놀란 기색이 아니지?'

그는 아직도 이렇게 가슴이 쿵쾅거리는데, 바율은 너무도 평안한 모습이었다. 생각해 보면 조금 전, 사고가 난 당시에도 녀석은 꽤 침착했다. 소리 한 번을 지르지 않았으니까. 꼭 이런 일이 벌어질 걸 미리 알고 있기라도 했던 것처럼 말이다.

—으하하! 완전 쌤통이다! 바율, 나 잘했지? 그치?

'고마워, 이노센트.'

—아싸, 복수 성공!

'셰임도 감사합니다.'

—…….

셰임까지 합심해서 응징을 가할 줄은 몰랐다. 다소 거친 방법에 좀 놀라긴 했지만 바율은 마음 쓰지 않기로 했다.

어차피 치료를 받으면 금방 없어질 상처들이었다. 그간 퀸을 무시하고 경멸한 대가치고 이 정도 고통은 오히려 싼 편이었다.

'앞으로 계속 참지만은 않을 거야.'

황태자가 자신을 어떤 눈으로 바라보고 있는지 알지 못한 채 바율은 홀로 그렇게 다짐했다.

Chapter 5.
힘의 차이

1.

　황태자의 성년식 파티는 어마어마한 크기의 야외 홀에서
치러졌다. 오랫동안 비가 내리지 않아 가뭄인 도시와는 별
개로, 이곳은 물의 축제였다.

　어제까지만 해도 메말라 있었던 수십 개의 분수대에서
물이 솟아올랐다. 그간 물의 낭비를 막고자 막아 놓았던 수
로를 황태자의 성년식을 기념하며 개방한 것이다.

　오랜만에 보는 진풍경에 귀족들의 얼굴에선 웃음이 끊이
지 않았다. 어른이고 아이고 할 것 없이 손을 뻗어 물장난
을 치기도 하였다.

　홀의 한쪽에선 황실 오케스트라의 흥겨운 연주가 연이어

흘러나왔고, 대륙 각국의 음식이 곳곳에 화려한 뷔페로 차려져 사람들의 눈과 입을 즐겁게 해 주었다.

바율과 친구들은 그쯤 어딘가에 자리를 잡고 늦은 점심을 해결하는 중이었다.

"저기, 어제 그 얘기들 들으셨어요? 황태자 전하를 만나러 갔던 자레드 공자와 세자리오 공자가 큰 부상을 입고 신전에서 치료를 받았다던데, 대체 어떻게 된 일이래요?"

"저도 소문 들었어요. 상처 부위가 채찍 자국과 비슷하다면서요? 설마 황태자 전하께서 매질이라도 하신 걸까요?"

"에이, 그럴 리가요. 아무리 큰 잘못을 저질렀다고 해도 두 공자를 그리 처벌할 수는 없지요. 헥터 공작과 드로우 후작이 어디 가만히 있을 자들인가요?"

"그것도 그래요. 황태자 전하께서 어떤 분이신데 그런 실수를 하시겠어요. 책잡힐 일은 애초에 하지 않으시겠죠. 하물며 전하의 성년식을 코앞에 두고 말예요."

"모르시는 말씀들 마세요! 전하께서 화가 머리끝까지 나셔서는 뜨거운 물이 담긴 주전자를 던지셨대요! 그래서 자레드 공자는 화상까지 입었고요!"

"어머낫! 정말요?"

"그뿐인 줄 아세요? 그거로도 화가 풀리지 않아서 채찍

으로 마구 내리치셨답니다. 황태자 전하께서 그렇게 흥분
하신 모습은 다들 처음 본다고 그랬대요!"

"제가 듣기로는 우발적인 사고라고 하던데요?"

"우발적 사고요?"

"네, 다들 황태자 전하의 겨울 정원에 대해선 알고 계시
죠? 거기서 그레이스 황녀 전하와 휘월 공주까지 초대해
다 같이 차를 마시고 있었는데, 갑자기 천장에서 나무가 떨
어지면서 두 공자를 덮쳤답니다."

"나무라면 그 겨울 정원의 천장을 덮고 있는 넝쿨을 말
씀하시는 건가요?"

"네, 부인. 그게 뭐 때문인지 풀려서는 마부가 채찍을 휘
두르듯 공자들을 세게 내리쳤다고 하지 뭐예요."

"아이구, 끔찍해라! 하마터면 황태자 전하와 황녀 전하
께서도 위험하실 뻔했군요. 아무 일 없어서 천만다행입니
다."

"황태자 전하께서도 큰 피해를 당하실 뻔했는데, 어디에서
는 가해자가 되어 계시네요. 분명 음해 세력이 만들어 낸 것
일 겁니다. 당장 어디서부터 시작된 건지 찾아봐야겠어요!"

"이건 확실한 건 아닌데요. 그 와중에 뜨거운 물이 담긴
주전자가 넘어지면서 자레드 군의 허벅지에 쏟아졌다는군
요."

"어맛, 허벅지에요?"

"헉, 어쩌다가……!"

"혹시 거기가 잘못되기라도 하면……!"

"쉿, 누가 들으면 어쩌시려고들 그러세요. 확실치는 않다니까요."

"여기 저희밖에 없는데 누가 듣는다고 그러세요. 안심하세요. 우리는 입 꾹 닫을 테니까."

"여기 계신 분들이야 당연히 믿고 드린 말씀이죠. 하지만 낮말은 새가 듣고 밤말은 쥐가 듣는다고 하잖아요. 우리 예민한 이야기는 피해 가요."

"말이 나와서 말인데요. 황태자 전하께서 거기에 바율 공자도 초대했다죠? 둘 사이는 어떻다고 하던가요?"

"자레드 공자와 바율 공자 말씀하시는 거죠? 음, 그 부분에 대해선 저도 아는 게 없네요. 같은 아카데미 1년생이니 친구일 것 같긴 한데, 저렇게 따로 떨어져 있는 걸 보면 아버지들과 비슷한 게 아닐까요?"

"마찬가지로 저 둘도 아카데미에선 정적이다?"

"친구로서 걱정이 되었다면 신전에 함께 가지 않았을까요? 근데 아무 데서도 그런 얘기는 못 들었거든요."

"어려서부터 몸이 약해 신전에서 살다시피 했다잖아요. 신전이라면 지긋지긋해서 그런 것일 수도 있죠."

"저는 바율 공자에 관한 그런 말들 때문에 유약한 이미지를 상상했었는데, 전혀 달라서 놀랐어요. 좀 마르긴 했지만, 환자처럼 보이지는 않지 않나요?"

"맞아요. 또래 아이다운 활기참은 느껴지지 않지만, 점잖아 보인다고 할까요? 벌써부터 품위가 엿보이는 게 란데르트 공작 전하와 다른 듯하면서도 비슷한 느낌이 들더군요. 역시 란데르트 공작 전하의 아들이다 싶었어요."

"그러고 보니 브리턴 자작 부인의 따님이 이번에 사절단으로 뽑혀서 왔죠? 뭐라도 들으신 것 없으신가요?"

"이거 참, 제 딸이 워낙에 말수가 없는 아이라서요."

"얼마나 기쁘세요. 캐링스턴 아카데미라면 졸업만 해도 감지덕지한데, 그런 곳에서 우등생이라니. 따님 교육을 정말 잘하신 모양입니다."

"호호. 교육은요, 무슨. 멀리까지 가서 하는 공부이니 건강하기만 했으면 싶었는데, 첫 시험에서 덜컥 학부 수석을 차지해서 저도 남편도 많이 놀랐답니다."

"어머, 학부 수석이요? 단순한 우등생이 아니었군요?"

"대단하네요! 다시 한번 축하드립니다, 부인."

"따님이 단발머리에 안경을 끼고 있는 저 아이 맞죠?"

"네, 맞아요."

"그럼 그 옆의 아이가 보스트리지 남작의 딸인가 보네

요. 이번에 사절단으로 같이 왔다고 들었거든요. 영식들이 죄다 그 외모에 반할까 어릴 때부터 꼭꼭 숨겨 두고 키웠다더니, 과장이 아니었나 봅니다. 어쩜 저렇게 기품 있고 아름다울까요? 보는 제가 다 흐뭇하군요."

"저길 보고 흐뭇해하지 않을 사람이 과연 있을까요?"

"하긴, 그래요. 저 정도면 우등생 사절단이 아니라 꽃 미모 사절단이라고 불러야지요. 저는 오늘 인어족을 처음 봤는데, 편견이 와장창 깨졌답니다. 저토록 우아하고 귀족적일 거라고는 생각지도 못했어요. 지느러미 귀가 이상하기는커녕 멋있기만 한 거 있죠!"

"붉은 머리 소년은 어떻고요. 전 처음에 보고 기절할 뻔했다니까요. 너무 아름다운 걸 보면 소름이 돋는다는 걸 오늘 경험했네요."

"전 아까 잠깐 눈이 마주쳤었는데 주책맞게 얼굴이 빨개지는 바람에 부끄러워서 혼났어요."

"오늘 얼굴 빨개질 사람이 어디 부인뿐이시겠어요? 저뿐 아니라 많이들 그럴 터이니 너무 부끄러워하지 마세요."

"그나저나 카트린느 영애가 아주 속상하시겠습니다. 오랜만에 황실에서 주최하는 성대한 파티인 만큼 잔뜩 힘주고 나오실 텐데, 시선이 온통 저 소년에게 가게 생겼으니 얼마나 분통이 터질까요."

"그간 누릴 만큼 누렸잖아요. 이만하면 미의 여신 타이틀을 양보할 때도 되었죠."

"새롭게 투표라도 한다면 저는 저 붉은 머리 소년에게 한 표 던지겠습니다."

"저도요."

"쿡쿡, 동참할게요."

"그런데, 어느 댁 자제라고 하던가요? 누구 아시는 분 계신가요?"

"글쎄요. 어울리는 친구들을 봐서는 그저 그런 가문일 것 같지는 않은데, 잘 모르겠네요."

"란데르트 공작가의 후계자인 바욜 공자를 비롯해서 레오네트 가문에 세이모어 백작가까지, 진짜 빵빵하긴 하군요."

"저희가 이렇게까지 모르는 걸 보면, 그간 중앙 정계에는 뜻이 없어 조용히 지내 온 집안이 아닐까요?"

"어쩌면 지역에서는 꽤 알려진 곳일 수도 있어요."

"이럴 게 아니라 누가 가서 물어보는 게……."

"혼자는 좀 그러니까……."

"그럼 다 같이……."

베일에 싸인(?) 일라이의 신분에 대해 그녀들이 이러쿵저러쿵 떠들 그 시각. 식사를 마친 바욜과 친구들은 비슷하면서도 다른 이유로 감탄을 하고 있었다.

"와, 진심 이 정도일 줄은 몰랐다! 다들 여기만 보고 있어!"

"그것도 내가 아니라 라이를 말이야."

"미모로 주위를 분산시키겠다고 하더니, 이 정도면 완전 시선 강탈 수준 아니냐? 나 참, 어이가 없네."

바율의 등장에 수군거렸던 사람들이 일라이에게 시선을 뺏기는 데는 그리 오랜 시간이 필요하지 않았다. 이종족인 퀸을 향한 호기심과 찬탄 어린 눈길도 상당했지만, 종국에는 그마저 전부 일라이에게로 집중되었다.

"얘들아, 내가 제대로 꾸미고 나오면 이 정도란다. 그간 너희들이 얼마나 날 괄시했는지 알겠지?"

"말은 똑바로 하자. 우린 괄시한 게 아니라 그냥 중요하게 여기지 않았을 뿐이라고."

"그게 그거거든? 이 패션을 보고 뭐 느끼는 거 없냐?"

일라이가 양팔을 벌린 채 자리에서 빙그르 한 바퀴 돌았다. 그러자 어디선가 '꺅!' 하는 비명 소리가 들렸다. 물론 한두 군데가 아니었다.

"느끼는 거야 당연히 있지. 저 멀리 자레드의 눈에서 분노의 화살이 쏘아져 나올 것 같다."

사람들의 이목이 바율 일행에게로 쏠리자 가장 약이 오른 건 자레드였다. 자신이 멸시하던 존재가 황실 연회에 당당히 초대받은 것도 모자라 관심을 집중시키고 있으니 화가 뻗치는 것도 당연했다. 그래서인지 녀석은 돌아 버리기 일보 직전의 얼굴을 하고 있었다.

"한심한 놈. 이런 데서 저렇게 티를 내서 어쩌겠다는 건지."

"그래서 저 자식이 하수라는 거 아니겠냐."

"좀 통쾌하기는 한데, 여기까지 와서 저 면상을 보고 있으니 짜증 나네."

"바율, 그 옆에 광대 튀어나온 놈이 세자리오라는 자식이야?"

"응, 가국어 일로 자레드와 사이가 틀어진 것 같았는데 그새 화해한 건가?"

"신전에서 같이 치료받다가 동병상련이라도 느꼈나 보지, 뭐."

"아오, 내가 어제 그 장면을 봤어야 했는데!"

어제 낮, 돌아온 바율에게 이노센트와 셰임의 활약상(?)을 전해 들은 에이단은 그런 명장면을 직접 보지 못한 게 한이라며 무척 안타까워했다.

"아직 희미하게 상처가 남았군."

로건의 예리한 눈매가 세자리오의 얼굴에서 상흔을 찾아냈다.

"그래? 셰임이 나무 채찍으로 한 번 때렸을 뿐이라고 하지 않았나?"

"신전 치료를 받고도 흔적이 남은 걸 보면 강도가 제법 셌나 본데?"

"아니, 저게 바로 정령의 진짜 힘이야."

"…진짜 힘?"

뜬금없는 퀸의 말에 바율은 물론이고 다들 의아한 표정을 지었다.

"그새 잊었어? 바율이 이노센트를 보고 기절했던 날, 신전에서 무슨 일이 있었는지."

"그때라면, 사대 원소의 정령이 모두 나타났던 거 말이야?"

"그게 아마 신성력에 대한 반발력이라고 했었지?"

"맞아, 바꿔 말하면 정령에겐 신성력이 잘 통하지 않는다는 뜻이지."

"그러니까 정령에게 입은 상처여서 신성력 치료가 먹히지 않은 거다?"

퀸이 그렇다는 듯 고개를 끄덕이자 에이단이 '오호!' 하며 감탄사를 터뜨렸다.

"역시 정령이 최고로구나. 자연계의 조율자란 말은 그냥 붙은 게 아니었어. 바율, 네가 또 한 번 자랑스럽다! 셰임한테도 잘했다고 칭찬해 주고 싶은데, 불러도 안 나타나겠지?"

"아직은 좀 그래."

"네가 곤란할 땐 득달같이 나서면서, 암튼 종잡을 수 없는 할아버지야."

"그래도 덕분에 제대로 한 방 먹였잖아. 난 셰임이 갈수록 맘에 든다. 귀여운 구석이 있어."

일라이의 말에 에이단이 격하게 동의했다. 뭔가 든든하달까? 이노센트와는 확실히 다른 매력이 있었다.

그때 홀의 한쪽 구석이 시끌시끌해지며 문제의 그녀가 등장했다. 보이텍 후작의 딸이자 곧 황제와 혼례를 올릴 여인. 빼어난 미모로 사교계의 여왕이라 불리는 카트린느 영애였다.

그녀는 홀에 들어서자마자 당당히 린데만 황태자에게로 향했다. 황태자는 오늘 파티의 주인공답게 축하 인사말과 선물을 받느라 아까부터 꽤 바쁜 시간을 보내고 있었다.

"예쁘긴 하네."

"저 정도면 뭐……."

"근데 화장이 좀 과한 것 같지?"

환한 미소로 황태자에게 다가가는 카트린느 영애의 모습은 단연코 그 어느 때보다 아름다웠다.

하지만 일라이와 오랜 시간을 보낸 부작용인지 뭔지 바율과 친구들의 눈에는 그리 특별하게 다가오지 못했다. 그리고 그건 파티장의 다른 사람들도 마찬가지였다.

이상하게 오늘따라 별 감흥이 없었다. 일라이의 미모가 워낙 뛰어나다 보니, 그 밑으로는 평준화가 된 느낌이랄까?

다른 때 같으면 그녀의 옷 스타일과 장신구, 머리 모양에 엄청나게 관심을 보였을 여인들이 지금은 시큰둥했다.

의도한 바는 아니었지만, 오늘 일라이는 제국 귀족 여인들의 미의 기준을 수십 단계 격상시킴으로써 카트린느 영애와 남성들에게 천인공노할 만행을 저지른 셈이었다.

"란데르트 공작 전하 드십니다!"

카트린느 영애에 이어 란데르트 공작이 파티장으로 들어섰다. 이제까지 황태자를 제외하면 누구도 이런 식의 소개는 없었다. 그것이 이상할 법도 할 텐데, 늘 그래 왔다는 듯 장내는 당연한 분위기였다.

란데르트 공작은 파티에 참석한 모두가 그러했듯이 곧장 린데만 황태자에게로 걸어갔다. 그 단순한 움직임에 귀족들의 시선이 따라 이동했다.

일라이를 보던 것과는 전혀 다른 차원이었다.

영웅을 향한 선망의 눈빛.

강자를 우러르는 존경의 마음.

린데만 황태자에게 다가가 예를 갖춰 인사하는 란데르트 공작은 매우 정중했으며 위엄이 넘쳤다.

바쁜 국정 업무 탓에 비교적 황궁 방문이 잦은 공작이지만, 오늘같이 특별한 날이 아니면 파티장에선 좀처럼 보기 힘들었다.

공식적인 업무 외에는 사적인 약속도 잘 잡지 않는 편이어서, 그와 친분을 쌓지 못한 귀족들도 수두룩했다.

동생인 리암이 그런 형의 빈자리를 메워 주고는 있지만, 란데르트 공작에 대한 목마름을 완전히 가시게 할 수는 없었다. 이때다 싶었는지 란데르트 공작 주변으로 사람들이 몰려들었다.

"근데 얘들아, 설마 저분 우리 교수님 아니지?"

"응? 누구?"

"란데르트 공작 전하 옆에 말이야. 저 반듯한 머리가 말이 되냐, 지금?"

"헐! 맞는 것 같은데? 대박! 로티어스 교수님께 저런 옷도 있었어?"

남의 주목을 끌 만한 화려한 머리 스타일도, 옷차림도 아니었다. 문제는 그저 너무 단정하다는 것이었다.

로티어스 교수 하면 떠오르는 거라고는 산발한 머리에 주름진 셔츠와 담배꽁초 등, 단정함과는 거리가 먼 것들뿐이기 때문이다.

"황실 연회라고 나름 신경 좀 쓰셨나 봐."

"자세히 안 봤으면 몰라뵐 뻔했다."

"근데 왜 란데르트 공작 전하와 같이 오신 거지? 두 분이 원래 아는 사이신가?"

에이단이 물었지만 바율도 아는 바가 없었다. 사실 바율 역시 그게 막 궁금하던 차였다.

'아버지께선 함부로 사람을 곁에 두시는 분이 아닌데…… 날 캐링스턴으로 보내신 것과 연관이 있는 걸까?'

바율이 의문에 찬 눈빛으로 아버지를 바라보는데, 갑자기 오케스트라의 연주가 뚝 끊겼다. 여태 음향이 작아진 적은 있어도 완전히 멈췄던 적은 없었다.

"……!"

본능적으로 감이 왔다. 사람들이 너도나도 몸을 숙이며 예를 차린다. 바율과 친구들도 수다를 멈추고 숨을 죽였다.

잠시 후.

"황제 폐하와 황후 폐하 드십니다!"

고요한 정막을 깨며 이 나라 제일의 신분, 프라이트 황제와 베아트리체 황후가 손을 맞잡고 함께 들어섰다.

2.

　황후를 에스코트하며 단상으로 올라가는 황제의 첫인상
은 생각보다 젊다는 것이었다. 편안한 듯 표정은 여유로웠
고 걸음걸이는 거칠 것 없이 당당했다. 굳이 번쩍이는 황관
이 아니더라도 그가 황제임을 알아보는 데에는 별 어려움
이 없었다. 범접할 수 없는 아우라가 멀리까지 풍겼다.

　기쁜 날이니만큼 황제의 얼굴에선 자애로운 미소가 떠나
질 않았다. 파티에 초대된 귀족과 타국의 사신을 바라보는
그의 눈빛 역시 평소와는 많이 달랐다.

　"아바마마, 어마마마, 오셨습니까."

　오늘 파티의 주인공은 린데만 황태자였다. 그가 단상 아
래에서 몸을 낮추며 황제와 황후에게 예를 올렸다.

　"아바마마와 어마마마를 뵙습니다."

　이어 그레이스 황녀가 무릎을 굽히며 부모님을 맞았다.
어느 틈엔지 흩어져 있던 주요 귀족들이 약속이라도 한 듯
단상 근처로 모여들었다.

　"저 사람이 헥터 공작인가 본데?"

　일라이가 자레드가 있는 곳을 가리키며 소곤거렸다. 꼭
녀석이 아니더라도 헥터 공작을 찾기란 힘든 일이 아니었
다. 부자는 놀라울 정도로 얼굴이 비슷했다.

"보나 마나 하는 짓도 똑같겠지."

꼴 보기 싫은 면상이 하나에서 둘로 늘어났을 뿐이다.

"그래, 파티는 재미있느냐?"

에이단이 헥터 공작을 보며 이죽거릴 때, 단상 위 어좌에 오른 황제가 아들에게 물었다.

"아직은 축하받느라 정신이 없습니다. 소자가 벌써 성년이 되었다는 게 실감이 나질 않습니다."

"그건 나도 마찬가지다. 네가 어느덧 이렇게 자라 어른이 되었구나. 무엇보다 탈 없이 건강하게 잘 자라 줘서 기쁘다."

"모든 것이 아바마마와 어마마마의 은덕이옵니다. 소자, 앞으로도 아바마마와 어마마마의 곁을 성심껏 모시겠습니다."

"난 그 전에 네가 장가부터 갔으면 좋겠구나."

"…예?"

의례적인 말이 오가던 부자 사이에 처음으로 익숙지 않은 주제가 튀어나왔다.

"설마 일전의 약속을 잊은 것이냐?"

"약속이요……?"

"작년에 분명 성년이 되면 신붓감을 열심히 찾아보겠다고 네 입으로 약조하지 않았느냐?"

"아, 그 말씀이셨습니까."

이미 혼처를 정해 둔 것으로 알아듣고 가슴이 철렁했다. 린데만 황태자가 남몰래 안도하며 아버지께 아뢨다.

"소자, 아바마마의 뜻을 받들어 정성을 다해 노력하겠습니다."

"호오, 진심이냐?"

"약속을 했으니 지켜야지요. 그리고 소자도 노총각이 되기는 싫습니다."

황태자의 농담 어린 말에 황제뿐 아니라 귀족들도 웃음을 터뜨렸다. 다음 대 황위를 이어야 할 황태자가 노총각 신세라니, 어디에서도 듣도 보도 못한 일이었다.

"다들 들었는가? 짐은 노총각 아들을 원치 않으니 도와들 주게나."

신붓감이란 단어가 나왔을 때부터 귀족들의 눈빛이 빛났다. 황제는 스쳐 지나듯 가볍게 흘리는 말일지 몰라도, 순간 많은 계산이 귀족들의 머릿속을 오갔다.

"그건 그렇고, 캐링스턴 아카데미에서 사절단을 보냈다지?"

드디어 황제가 대화의 흐름을 바꿨다. 사절단을 거론하고는 있지만, 그가 친히 바율을 초대했다는 것을 모르는 이가 없다. 자연스레 시선이 바율에게로 몰려들었다.

"가자."

일라이가 일말의 떠는 기색도 없이 앞장섰다. 그 뒤를 에이단과 퀸, 로건이 따라갔다.

새삼 혼자가 아니어서 다행이란 생각이 든다.

꿀꺽.

긴장으로 온몸이 뻣뻣하게 굳었지만 바율은 티내지 않으려 노력했다. 처음으로 사람들 앞에서 아버지와 같이 서는 자리였다. 아버지를 부끄럽게 만들고 싶지 않았다. 바율은 의식적으로 어깨와 가슴을 펴고 걸어 나갔다.

단상 아래로 사절단이 모두 집합했다. 거기엔 자레드 녀석도 포함이었다.

"황제 폐하를 뵙니다."

파티 시작 전 로티어스 교수에게 배운 대로 사절단 전체가 머리를 조아리며 황제에게 단체 인사를 올렸다. 황궁에서는 보기 드문 광경입니다.

"모두 고개를 들라. 얼굴이 보고 싶구나."

사절단 한 명 한 명을 대견한 눈빛으로 내려다보던 황제의 눈길이 바율에게 와 멎었다.

"네가 바율이로구나."

황제의 곧은 눈과 마주하자 위압감에 몸이 움츠러들었다. 떨리는 가슴을 애써 억누르며 바율은 한쪽 무릎을 바닥에 대고 다시 한번 예를 갖췄다.

"바율 로마노프 혼 란데르트, 황제 폐하께 인사 올립니다."

"그래, 바율. 이제라도 보니 아주 반갑구나."

란데르트 공작은 제국의 공신이자 황제에겐 은인과도 같은 사람이었다. 그런 그의 아들이 건강하지 못하다는 얘기를 들었을 때, 같은 자식을 가진 부모로서 마음이 좋지 않았다.

'그래도 직접 보니 크게 걱정할 정도는 아닌 모양이군.'

묻고 싶은 게 많았지만, 황제는 부러 바율의 건강 문제를 입에 담지 않았다.

"올해 아카데미에 입학을 했다고 들었다."

"예, 폐하. 행정학을 공부하고 있습니다."

"행적학이라…… 재미는 있더냐?"

"제 역량이 부족하여 어려움이 있기는 하지만, 친구들과 함께 즐거이 생활하고 있습니다."

"졸업을 하면 무엇을 할 생각이냐?"

황제의 갑작스러운 질문에 바율은 순간 말문이 막혔다. 전혀 생각해 보지 않은 부분이었기 때문이다.

"하하, 당황하는 걸 보니 아직 생각해 본 적이 없는가 보구나."

"…송구합니다."

"아니다. 이제 고작 1학년인데 내 질문이 너무 앞서간 것 같다."

황제가 이해한다는 듯 너털웃음을 지었다.

"짐은 그저 황태자를 잘 도와주었으면 하는 바람에서 그리 물었다. 그리고 그건 바율뿐 아니라 너희들 모두에게 하고 싶은 말이다. 다들 장차 커서 이 제국을 이끌어 갈 인재들이지 않느냐. 황태자 역시 훗날 짐의 뒤를 이어 보위에 오를 것이다. 그때 너희들이 힘이 되어 주었으면 좋겠구나."

평소 감기에도 잘 걸리지 않을 만큼의 건강을 자랑하는 황제였다. 그렇기에 양위는 아직 멀고도 먼 얘기였지만, 그도 아비는 아비인지 벌써부터 황태자의 미래를 걱정하고 있었다.

"황태자와는 미리 인사를 나누었다지?"

역시나 황제도 어제의 일에 대해 알고 있었다. 그가 헥터 공작과 드로우 후작을 향해 고개를 들었다.

"황태자에게 듣자 하니 작은 사고가 있었다더군. 상처들은 좀 어떤가? 잘 아물었어야 할 텐데."

"황태자 전하의 빠른 조치 덕분에 다행히 무탈합니다. 경사스러운 날을 앞두고 물의를 일으켜 송구하옵니다."

"물의라니, 당치도 않아. 그건 어쩔 수 없는 사고였네. 천장에서 그런 게 떨어질 줄 누가 알았겠나? 크게 안 다쳐서 천만다행일세."

황제는 몇 마디 말로 무성했던 소문을 깔끔하게 정리했다. 분노한 황태자가 매질을 했다는 둥 물건을 던졌다는 둥 말들이 많았는데, 이로써 명확해졌다. 진실이야 어찌 되었든 사고로 일단락될 터였다.

"어느 쪽이 경들의 자식인지는 묻지 않아도 알 수 있겠군."

자레드나 세자리오나 아비들을 쏙 빼닮아 있었다.

"둘 다 고생했겠구나. 다시는 어제와 같은 일이 벌어지지 않도록 내 친히 일러 놓았으니 안심하거라. 돌아가는 날까지 불편한 사항이 있다면 주저 말고 신전에서 치료를 받도록 하라."

"성은이 망극하옵니다."

속에선 여전히 열불이 올라오지만, 지금은 그러한 것을 드러낼 자리가 아니었다. 자레드와 세자리오가 어느 때보다 깍듯하게 예를 표했다.

"그래, 황태자는 이번 생일 선물로 무엇이 갖고 싶으냐?"

매년 황태자의 탄신일 때마다 황제는 고가의 재물을 하사하고는 했다. 올해는 특별히 성년이 되는 해이니만큼 원하는 것을 주고 싶었다.

"활쏘기를 좋아하니 사냥터는 어떠하냐?"

"아바마마, 소자 열다섯 살이 되던 해에 이미 로이랜스 숲을 받았사옵니다."

"아, 그랬던가? 하면 무엇이 좋겠느냐? 성년도 되었으니 원하는 것이 있다면 네가 직접 얘기해 보거라."

"무엇이든지 말입니까?"

"바라는 것이 따로 있나 보구나. 뭐든 들어줄 테니 말만 하거라."

"그럼 아바마마만 믿고 말씀드리겠습니다."

황제의 약조에 린데만 황태자가 기다렸다는 듯 말했다.

"소자에게 식견을 넓힐 기회를 주십시오."

"식견?"

"예, 아바마마. 이 자리에서 정식으로 란데르트 공작님과의 대련을 요청하는 바입니다."

"무어라? 누구에게 대련을 요청해?"

황제의 목소리가 지금처럼 커졌던 적이 없었다. 그가 놀란 눈으로 아들을 바라봤다.

"란데르트 공작님, 받아 주시겠습니까?"

린데만 황태자가 란데르트 공작을 향해 돌아섰다. 갑작스러운 그의 요청에 바율은 물론 파티장의 모두가 깜짝 놀라 말을 잇지 못했다. 담담한 것은 당사자인 란데르트 공작이 유일했다.

"그전에 황태자 전하께 묻겠습니다. 제 일 합을 견뎌 내실 수 있겠습니까?"

그럴 수 있게 되면 언제든 대련을 해 주겠노라 약조 했었다. 하지만 아직은 무리였다. 란데르트 공작 정도의 수준에 오르면 보는 것만으로도 상대의 무위를 짐작할 수 있었다.

"…역시 안 되겠지요?"

당당히 요구할 때는 언제고 황태자가 바로 꼬리를 내렸다.

"하면 만월 기사단 중 한 명과는 어떻습니까? 그도 안 됩니까?"

사실 그의 진짜 목적은 이거였다. 아무리 황태자의 신분이라지만 마에스터의 경지에 오른 란데르트 공작과의 대련은 언감생심 바랄 수 있는 게 아니었다. 실력의 여하를 떠나서 감히 제국의 전설과 검을 마주할 용기가 아직은 없다는 게 솔직한 심정이었다.

그래서 눈높이를 조금 낮췄다. 만월 기사단 역시 만만한 상대는 결코 아니지만, 배운다 생각하고 한번 겨뤄 보고 싶었다.

흔치 않은 이 기회에 제 실력을 시험해 보고 싶은 욕심도 있었다. 제국 최고의 기사단과 견주었을 때 자신이 얼마나 버틸 수 있는지 궁금했다.

"결과를 오롯이 받아들이실 수 있겠습니까?"

"패하더라도 영광으로 알겠습니다."

만월 기사단과의 대련은 검을 든 자라면 누구나가 염원했다. 이길 거라는 생각은 애초부터 하지 않았다.

"저는 그 반대를 말씀드리는 겁니다."

"…반대라니요? 설마 제가 대련에서 승리할 거란 말씀입니까?"

"아마도요."

"하하, 란데르트 공작님께서 저를 너무 과대평가하신 것 같습니다. 제가 어찌 만월 기사단을 상대로 이길 수 있겠습니까? 말도 안 됩니다."

"전하께선 황태자이시니까요."

란데르트 공작의 묵직한 발언에 황태자의 웃음이 뚝 끊겼다. 잠시나마 공작에게 인정받는 것 같아 기분이 꽤 괜찮았었는데, 그 한마디로 거짓말처럼 가슴이 답답해졌다.

"그 말씀은…… 일부러 져 줄 거란 뜻입니까?"

"외람되오나 오늘 같은 날, 이런 장소에서 황태자 전하를 상대로 제대로 승부할 수 있는 기사는 그리 많지 않을 것입니다."

"만월 기사단은 다를 거라 생각했는데, 아니었습니까?"

어쩐지 원망이 서린 말투였다.

란데르트 공작의 말대로 그는 제국의 황태자다. 승마에서도, 대련에서도, 사냥터에서도 언제나 늘 그가 일등이었다.

황태자라고 왜 모르겠는가. 어려서는 천지 분간 모르고 뭐든 잘하는 줄 알았지만, 철이 들면서 깨달았다. 모두가 그저 자신에게 맞춰 주고 있음을. 그리고 그것은 자신이 지적한다고 해서 해결될 문제가 아님을 말이다.

그래서 오늘의 대련에 더 목이 말랐다. 란데르트 공작의 만월 기사단이라면 오직 실력만으로 상대할 거란 믿음이 있었기 때문이다. 왠지 실망스러웠다.

"식견을 넓히고 싶다고 하셨지요. 꼭 직접적인 대련을 통해서만 가능한 것은 아닙니다. 눈앞에서 보고 듣는 경험만으로도 충분히 많은 것을 배우고 느낄 수 있습니다."

"…그게 무슨 말씀입니까?"

"황태자 전하께서 많이 아쉬워하시는 듯하니 대련을 한 번 열어 볼까 합니다."

"공작께서 직접 말입니까?"

"송구하오나 이곳에서 신을 상대할 수 있는 자는 없습니다."

오만하기 짝이 없는 말이었다. 하나 그 말을 한 이가 다른 누구도 아닌 란데르트 공작이었다. 오직 그만이 할 수 있는 말이기도 했다.

"대신 수하를 한 명 내보내지요. 상대는 헥터 공작께서 해 주시겠습니까?"

콕 찍어 상대를 골랐다. 황태자와 란데르트 공작 간의 오가는 대화를 가만히 듣고만 있던 황제의 눈자위가 처음으로 꿈틀했다.

'지금이구나.'

바율은 아버지가 두고 보라던 순간이 왔음을 직감했다. 정녕 아버지다운 처사였다.

평생을 검과 함께하신 분.

대가 역시 검으로 받으실 생각이신 거다.

어제 바율에 이은, 란데르트가의 두 번째 응징이라고도 할 수 있었다.

3.

"란데르트 공작이 갑자기 왜 저러는 거지?"

보는 눈이 많아 차마 거절하지 못했다. 대련을 위한 무대를 꾸민다는 핑계로 잠시 휴식 시간을 얻은 것이 그나마 다행이라면 다행일 것이다.

"보통 때라면 얼굴도 비쳤으니 그만 돌아갈 타이밍 아닌

가? 난데없이 대련 따위를 하자는 속내가 뭔데? 하필 상대
가 왜 나인 거냐고!"

"그것이 공작 전하…….."

"아들 앞이라고 자랑질이라도 하겠다는 거야, 뭐야? 그
간 고고한 척은 혼자 다 하더니만 전부 내숭이었나? 누가
제 놈 센 거 모른대?"

아무리 씩씩거려 보아도 헥터 공작은 도저히 화가 누그
러지지 않았다. 그의 입장에선 무리에서 가장 센 놈이 잘난
척을 하고자 애먼 상대를 고른 것이나 마찬가지였다. 한마
디로 재수 없게 걸려서 대놓고 망신을 당하게 된 꼴이다.

"아무리 생각해도 이해가 안 돼! 이건 란데르트 공작답
지가 않아!"

버럭버럭 소리치며 화를 내고 있지만, 자리에 앉지도 못
한 채 서성이는 헥터 공작은 누가 봐도 초조한 기색이 역력
했다.

"아무래도 도련님 때문인 것 같습니다."

"도련님이라니? 거기서 자레드가 왜 튀어나와?"

헥터 공작의 움직임이 멈췄다. 그가 바른대로 고하라는
듯 기사 단장을 노려봤다.

"그게, 일전에 작은 마찰이 좀 있었습니다."

"상벌 위원회 얘기라면 이미 끝났을 텐데?"

"…그 일 말고도 다른 소란이 하나 더⋯⋯."

말끝을 흐리는 게 수상하다. 평소 기사 단장은 이런 식의 화법을 쓰는 사람이 아니었다.

"내가 개망신을 당한 이후에나 말할 텐가?"

"죄송합니다."

"문책은 나중으로 미루지. 당장 무슨 일인지 말하게."

헥터 공작의 명령이 떨어졌다. 망설이던 단장이 지난 야시장에서 있었던 일에 대해 빠르고 간결하게 보고했다.

"뭐, 뭐라? 누구한테 덤볐다고?"

헥터 공작의 얼굴이 아연실색 일그러졌다. 기가 차다 못해 황망했다. 아무리 망나니로 키웠기로서니 할 짓이 있고 못 할 짓이 있지, 누구에게 검을 겨누어?

"하핫!"

웃음이 터졌다. 딸만 내리 넷을 낳다가 겨우 얻은 아들이었다. 공작에게는 눈에 넣어도 아프지 않을 귀여운 늦둥이였고, 귀하디귀한 후계자였다.

그래서 대놓고 오냐오냐 키운 것이 사실이었다. 크면서 친구들과 못된 장난을 쳐도 좀 극성맞다 여길 뿐 크게 개의치 않았다. 그에겐 어떤 것도 무마시킬 만한 힘과 권력이 있었으니까.

하지만 이번엔 달랐다. 넘지 말아야 할 선을 넘어 버린 문제다. 상해를 입히려는 의도야 당연히 없었겠으나(꼭 그랬어야 한다고 공작은 믿었다), 무려 란데르트 공작의 아들에게 검을 겨누었다. 그것도 기사 넷이 한꺼번에.

"어이가 없군."

끓어오르던 화가 오히려 가라앉는다. 인간이 이렇게도 멍청한 짓을 벌일 수 있다는 걸 제대로 실감 중이었다.

"…상대가 란데르트 공작가의 자제임은 꿈에도 몰랐답니다."

"그걸 지금 말이라고 하나?"

당연히 그러했을 것이다. 알았다면 자레드 녀석을 둘러업고서라도 거길 빠져나갔겠지.

란데르트 공작.

헥터 공작에게 그는 참으로 묘한 존재였다.

짜증이 날 정도로 거슬리지만, 그럼에도 믿음이 가는, 이 제국에 없어서는 안 될 유일무이한 신하.

언젠가는 넘어서고 싶지만, 그 길이 결코 순탄치 않을 상대.

그래서 더욱 부서뜨리고 싶은 자.

공작으로 하여금 열등감을 갖게 하는 유일한 인물이기에 평소 그가 가장 조심하는 존재이기도 했다. 그런 자의 아들을 멍청한 제 아들놈이 건든 것이다.

"호위 기사라는 것들이 란데르트 공작의 자식도 못 알아보고 잘들 하는군."

"면목 없습니다."

"파면시켜 버려."

"…예, 공작 전하."

우선은 그의 재량 하에 근신하고 있으라 명하였으나 결국 파면이었다. 기사 작위까지 반납해야 할 테니, 떠도는 용병 신세로 전락할 게 뻔하다. 한순간에 추락한 수하들의 처지에 기사 단장의 마음이 무거웠다.

"제 아들에게 손을 댔으니 눈이 돈 게야. 골치 아프게 되었어."

이제야 란데르트 공작이 답지 않게 구는 이유를 알았다. 애들 싸움이 어른 싸움으로 번진 셈이다. 원인 제공을 이쪽에서 했으니 할 말은 없다만, 꼼짝없이 당하게 된 입장으로서 기분은 과히 좋지 않았다.

"제가 나가겠습니다."

"자네가 직접 말인가?"

그렇게만 해 준다면 안심이야 되겠지만, 한낱 대련에 단장급이 나가는 건 모양새가 빠진다. 만월 기사단에 비할 바는 못 되어도, 헥터 공작의 최측근인 예거 르쿨르트 단장이 이끄는 피닉스 기사단 역시 제국 내에선 알아주는 기사단이었다.

"제가 나선다면 저에게 대응할 만한 누군가가 나설 겁니다. 어느 정도 이름이 알려진 자이겠지요. 행여 지더라도 체면치레는 할 수 있을 겁니다."

한 기사단을 책임지고 있는 자인만큼 예거 단장도 적수를 찾기 어려운 실력자였다. 하나 상대는 만월 기사단이다. 아무리 그라고 해도 승리할 거란 보장은 없었다.

"꼭 이겨야 하네."

부담 주고 싶지는 않지만, 헥터 공작의 솔직한 심정이었다. 란데르트 공작을 무력으로 이길 수만 있다면 뭐든 해줄 수 있었다.

"일단 오늘 란데르트 공작 곁에 저보다 강자는 없었습니다."

"호오, 그래?"

오늘 들은 얘기 중 가장 반가운 소리였다. 상대가 상대이다 보니 이길 수 있을 거란 생각은 애초부터 하지 않은 탓이었다. 갑자기 희망이 보인다.

"란데르트 공작에게 내가 당한다면 망신살이야 뻗치겠지만, 다들 당연한 결과라고 생각하겠지. 하나 그 반대라면……."

헥터 공작의 입꼬리가 사악하게 말려 올라갔다.

"살다 보니 이런 날이 다 오는군."

란데르트 공작을 누를 수도 있을 거라는 설렘 때문일까. 헥터 공작은 애당초 대련을 제안한 것이 누구였는지를 그만 까맣게 잊고 말았다.

4.

야외 홀의 한쪽에 무대가 금방 마련되었다. 계단 형식의 둥근 객석이 귀족들로 가득 찼다. 자리를 차지하지 못한 사람들은 통로를 포함한 빈 구석 곳곳에 기꺼이 쭈그리고 앉는 수고를 마다하지 않았다.

대련을 알리는 오케스트라의 장엄한 연주가 울려 퍼졌다. 시끌시끌 웅성거리던 장내가 일시에 쥐 죽은 듯이 고요해졌다.

황제와 황태자가 나란히 착석했다. 그 앞으로 란데르트 공작과 헥터 공작이 나아가 섰다.

"황태자의 요구로 시작된 것이지만 짐 또한 오늘 대련에 기대하는 바가 아주 크다네."

"여부가 있겠습니까, 폐하. 최선을 다해 대련에 임할 것이옵니다."

헥터 공작을 보고 말한 황제가 이번엔 란데르트 공작 쪽으로 시선을 옮겼다.

"개안의 계기가 되었으면 합니다."

"신도 부디 그러길 바라옵니다."

란데르트 공작의 말이 끝나기가 무섭게 기다렸다는 듯 헥터 공작 측에서 예거 단장이 무대로 올라섰다. 그에 조용하던 객석이 다시금 소란스러워졌다.

"예거 단장이 직접 나서는 겐가?"

"황태자 전하께서 원하시던 대련이 아닙니까. 아무나 내보낼 수는 없지요."

"그렇게 말씀해 주시니 감사하군요. 열심히 보고 배우겠습니다."

황제와 황태자가 모두 흡족해하자 헥터 공작 역시 기분이 좋았다.

'자, 란데르트 공작. 네놈의 카드는 무엇이냐?'

헥터 공작의 비릿한 눈빛을 덤덤히 응시하며 란데르트 공작이 신호를 보냈다. 황제와 황태자는 물론이고 객석의 모든 시선이 공작의 수하들을 향해 쏘아졌다.

"응?"

"누구지?"

하지만 무대로 올라선 것은 그와 조금 떨어진 곳에서 등장한 이였다. 객석의 맨 앞에 앉아 있던 누군가가 붉은색 긴 머리칼을 휘날리며 무대 위로 사뿐히 올라갔다.

"여자 같은데?"

제복을 입고 허리에 검을 차고 있지만 가녀리고 굴곡진 몸매가 여인임을 고스란히 드러내고 있었다.

"저 여자가 예거 단장을 상대한다고?"

능력만 있다면 여인도 충분히 기사가 될 수 있었다. 하지만 일반적으로 여자가 남자에 비해 육체적 능력이 떨어지는 것은 어쩔 수 없다. 이름난 여기사가 아예 없는 것은 아니지만, 흔치 않은 것도 사실이었다.

때문에 다른 상황이었더라면 '미친 거 아니야?' 라는 말이 절로 튀어나왔겠지만, 상대는 란데르트 공작의 정예 만월 기사단이었다. 누구도 감히 무시의 눈길을 보낼 수 없었다.

"바율, 누군지 알아?"

사절단은 나름 명당자리에 자리를 잡았다. 비밀스러운 여인의 등장에 에이단이 호기심을 참지 못하고 바율에게 물었다.

"응, 알지."

"세냐?"

여인이라도 만월 기사단의 일원이다. 실력이라면 두말할 필요 없을 것이다. 녀석의 질문은 예거 단장을 이길 수 있을 만한 실력자냔 것이었다.

"그건 두고 보면 알겠지."

바율도 헤이즈의 검술을 직접 본 적은 없었다. 리타가 한 말을 들었을 뿐이다.

"도련님, 어마어마한 기사님이 나타났어요! 글쎄, 세르기스 기사님이 한 방에 나가떨어지셨대요! 대단 하지 않아요? 그런데요, 그 기사님이 여자래요! 그것 도 엄청 예쁜! 지금 성내에서 아주 난리가 났어요!"

헤이즈의 등장이 언제쯤인지는 정확히 기억나지 않는다. 다 만 그녀의 출현에 한동안 본성이 시끄러웠던 건 잊을 수 없다.

"처음 보는 기사로군요."

황제의 말엔 설명해 보라는 뜻이 담겨 있었다.

"헤이즈라고 합니다."

란데르트 공작이 대신 이름을 밝히자 무대 위에 서 있던 헤이즈가 황제를 향해 예를 표했다.

"란데르트 공작님, 만월 기사단엔 남자만 들어갈 수 있 는 것 아니었습니까?"

"황태자 전하께서 잘못 알고 계셨군요."

"네?"

"만월 기사단엔 남자도 여자도 없습니다. 오로지 명예로운 기사만이 있을 뿐입니다."

성별은 상관없다. 공작의 눈에만 든다면 여자도, 남자도 만월 기사단의 일원이 될 수 있다. 란데르트 공작은 그런 말을 하는 것이었다.

"그럼 시작할까요?"

란데르트 공작이 물러났다. 사전 정보에 없던 헤이즈의 존재에 헥터 공작의 눈빛이 불안한 듯 흔들렸다.

두웅!

대련을 알리는 북소리가 장내를 울렸다. 예거 단장과 헤이즈가 서로를 마주 보며 고개 숙여 인사했다.

챙─

예가 끝나자 기다렸다는 듯 두 사람 모두 검을 뽑아 들었다.

"오시게."

선배로서 예거 단장이 선공을 양보했다. 후배에 대한 배려이기도 했지만, 그녀를 낮게 보는 마음이 아예 없지는 않았다.

"마다하지 않겠습니다."

헤이즈의 검이 사선으로 바닥을 향했다.

팟!

동시에 그녀의 신형이 급격히 커졌다. 대단히 빠른 속도였다.

'과연 만월 기사단이로군.'

헤이즈의 민첩함을 내심 칭찬하며 예거 단장이 재빨리 검을 들었다.

깡!

첫 일 합이 터졌다.

"……!"

예거 단장의 눈매가 딱딱하게 변했다. 예상보다 그녀의 검이 묵직했기 때문이다.

'역시나 쉽게 볼 상대가 아니야.'

이름 없는 기사라 해서 잠시 잠깐 방심했다. 하지만 상대는 그 누구도 아닌 만월 기사단이다. 최선을 다해야 한다. 예거 단장이 집중하며 헤이즈의 검과 마주했다.

카캉! 카가가강!

순식간에 둘 사이에 십여 합이 오고 갔다가 다시 거리가 벌어졌다. 남들이 보기엔 무시무시한 칼날의 공방이었지만, 예거 단장이나 헤이즈나 그저 몸을 푼 것뿐이었다.

꽉!

예거 단장이 검 자루를 강하게 움켜잡았다. 헤이즈의 실력에 놀라기는 했지만, 거기까지였다. 그녀가 제아무리 만월 기사단이라고 하여도 그는 피닉스 기사단을 이끄는 단장이었다.

'그대에게 감정은 없다.'

반드시 이기라는 명을 받았다.

'단번에 꺾는다.'

힘의 우위를 확실히 보여 줄 참이었다.

"흐읍!"

그가 들숨을 마시며 몸 안에 잠든 마나를 깨웠다.

우우우웅—

예거 단장의 검이 파르르 울며 시퍼런 기운을 뿜어냈다.

오러.

기사의 정점에 오른 자의 전유물이자 극한의 힘. 그 힘이 예거 단장의 검에서 서서히 위용을 드러냈다.

"오, 오러다!"

"와아아!"

"눈이 호강이로구나."

객석의 여기저기에서 감탄이 터졌다. 이름난 기사 중에서도 오러를 다룰 줄 아는 기사는 굉장히 드물다. 더욱이 지금처럼 선명하게 빛나는 오러라면 더욱더.

같은 것을 기대하며 사람들의 시선이 헤이즈에게로 향했다. 하나 그녀의 검에는 변화가 없었다. 햇살에 부딪히는

검은 칼날이 제법 날카롭게 벼려져 있었지만, 오러 특유의
기운과 색은 보이지 않았다.

"아무리 만월 기사단이라고 해도 기사는 기사인 모양이야."

"하긴, 일개 기사가 기사 단장을 상대하는 것 자체가 말
이 안 되지."

"기대한 우리가 잘못 아니겠나?"

"여자가 이 정도면 잘했지, 뭐."

"그래도 아직 끝난 것은 아니니 지켜봅시다."

"피는 보지 않았으면 좋겠는데……."

누군가는 앞으로 일어날 미래를 떠올리며 눈살을 찌푸렸
고, 누군가는 그래도 혹시나 하는 기대감을 표했다. 각각의
반응으로 웅성거림이 점점 커져 갔다.

'내 기대가 너무 컸나?'

예거 단장은 조금 실망스러웠다. 그처럼은 아니더라도
흉내 정도는 낼 수 있을 거라 생각했던 것이다.

"이제라도 승복하는 것이 어떤가?"

오러를 담은 검과 그렇지 않은 검이 맞서는 건 결투가 아
니었다. 그저 학살일 뿐이다. 예거 단장은 상대가 자신임을
알고도 당당히 나선 그녀의 용기를 높이 샀다. 이쯤에서 깔
끔하게 마무리하는 것이 그녀를 위해서도 나았다.

"길고 짧은 건 대 봐야지요."

헤이즈는 담담했다. 그녀는 정녕 오러를 눈앞에 두고서
도 두려워하는 기색이 없었다.

"다칠 수도 있네."

"흉터라면 이미 셀 수조차 없습니다."

"기사의 생명이 끝날지도 모르네."

"그럴 일은 없을 겁니다."

절대.

헤이즈는 말을 아꼈지만, 예거 단장은 그녀의 눈빛에서
어떤 자신감을 읽었다.

"건방지군."

아량을 무시한 것은 상대였다.

"나를 원망 말아라!"

단숨에 거리를 좁히며 예거 단장이 그녀의 가슴팍으로
검을 휘둘렀다.

쑤아아아악!

헤이즈는 피하지 않았다. 오히려 흡사 자살 공작이라도
펴듯 맞서 오는 예거 단장을 향해 뛰어들었다.

"꺄아아악!"

"큭!"

여인들의 비명이 메아리쳤다. 부모들은 아이들의 눈을
가리기 바빴고, 심력이 약한 이는 먼저 눈을 감거나 고개를 돌렸다. 그들 모두 피 분수가 무대를 채울 거라 의심하지 않았다.

콰아아앙!

하지만 결과는 그들의 예상을 보기 좋게 뒤집었다. 피 분수는커녕 엄청난 폭음이 터진 것이다. 마치 마나 대 마나가 충돌하는 듯한 커다란 폭발음이 야외 홀 전체를 울렸다.

"커헉!"

"이, 이럴 수가!"

앉아 있던 객석의 귀족들이 자리를 박차고 벌떡 일어났다. 황제와 황태자도 예외는 아니었다.

믿기지 않는 모습이 눈앞에 펼쳐졌다.

오러를 품은 검.

그 검이 보통의 검과 마주쳐 산산조각 부서졌다. 남겨진 건 부들부들 떨고 있는 예거 단장의 손에 들린 칼자루뿐이었다.

믿을 수 없는 상황에 예거 단장은 그대로 꼼짝할 수가 없었다. 그의 동공이 지진이라도 난 듯 흔들렸다. 부서져 바닥으로 비산하는 검날에 언뜻언뜻 그의 모습이 비쳤다.

스윽—

그리고 그때, 헤이즈의 날카로운 검이 예거 단장의 목덜미에 닿았다.

"어, 어떻게⋯⋯?"

부들거리며 헤이즈를 바라보던 예거 단장의 시선이 그녀의 검으로 내려갔다.

밋밋했다.

그녀의 검은 여전히 처음과 같았다.

하지만 그의 의문에 대한 답이었을까. 어느 순간 얇은 막 같은 것이 그녀의 검을 에워쌌다.

그랬다. 상대는 오러를 뿜어내지 못한 것이 아니라 검 속에 응축한 것이었다.

완벽한 패배였다.

오러를 보이지 않게 갈무리한다는 것. 그건 예거 단장과 비교할 수 없는 고수임을 뜻했다.

"…졌네."

예거 단장이 고개를 떨구며 마침내 승복했다.

"펴, 평범한 검이 오러 검을 부러뜨렸어."

"그게 뜻하는 건 그보다 높은……!"

"일개 기사의 수준이 저 정도라고?"

"마, 말도 안 돼! 아무리 만월 기사단이라지만 이건 정도가 너무하잖아!"

"게다가 저렇게 가녀리고 어여쁜 기사라니……!"

압도적인 힘의 차이였다.

비교가 불가능하다.

"과연 란데르트 공작님이셔!"

살아 있는 전설이라 불리기에 결코 손색이 없는 존재. 이전보다 더한 존경의 눈빛이 란데르트 공작에게로 향한 것은 너무나 당연한 결과였다.

'잘 보셨습니까?'

란데르트 공작이 전에 없는 눈초리로 헥터 공작을 바라봤다. 그의 눈이 말하였다.

'처음이자 마지막으로 하는 경고입니다. 다신 같은 일이 없길 바랍니다.'

등골이 서늘할 정도로 차가운 눈빛이었다. 이길 수 있을 거란 기대에 잠시나마 기꺼워하던 자신이 그토록 부끄러울 수가 없었다.

현격한 무력 차이.

이미 알고 있던 것을 더욱 확실하게 깨닫는 계기가 되었다.

'자레드, 이 자식을 그냥……!'

눈에 넣어도 아프지 않을 유일한 아들이지만, 이 순간만큼은 모가지를 비틀고 싶었다. 오늘 헥터 공작의 분풀이는 망나니 자식의 개과천선을 위한 일이 될 것이었다.

Chapter 6.
친구

1.

대련이 끝난 후, 무대 위에선 계속 다양한 공연이 펼쳐졌다. 아름다운 여기사의 등장에 관해 떠드느라 초반엔 다들 집중하지 못하고 산만한 듯했으나, 으레 그렇듯 화제는 곧 변했고 다시금 파티의 분위기가 무르익었다.

"아까는 그래도 좀 심하셨습니다."

다른 곳에 비해 비교적 한산한 편인 파티장의 어느 한구석. 평소와 달리 단정하게 차려입은(에이단의 표현을 빌리자면) 로티어스 교수가 란데르트 공작을 향해 투정하듯 말했다.

"개인적으로 속이야 시원했지만, 일단 저도 입장이라는 것이 있으니까요."

"…입장?"

란데르트 공작 입장에서야말로 뚱딴지같은 소리였다. 그가 헥터 공작을 상대하는 것이 로티어스 교수와 무슨 상관이란 말인가. 밑도 끝도 없는 얘기였다.

"공작 전하께 목마 태워 달라고 조르던 옛날의 어린애가 아닙니다. 저도 이제 밥벌이를 하고 있는 어엿한 성인이라고요."

'그렇죠?'라는 눈빛으로 그가 쳐다보았으나 란데르트 공작은 계속해 보라는 듯 대꾸하지 않았다.

"제 밥벌이가 무엇입니까? 아카데미에서 아이들 가르치는 일 아닙니까. 밉든 곱든 바율도, 자레드도 제 학생이란 뜻입니다. 아마 그 녀석, 아주 호되게 혼이 날 겁니다."

"혼날 짓을 했으면 혼도 나고 그래야지. 아이들은 그러면서 크는 거네."

"갈빗대라도 부러질까 봐 그렇지요."

"…갈빗대? 설마 헥터 공작이 자기 자식을 때리기라도 한다는 겐가?"

"그 방면으로는 이미 유명합니다. 전 공작 전하께서 모르셨다는 게 외려 더 이상하네요."

어디 자레드뿐인가. 소문에는 부인과 딸에게까지 손을 댄다고 들었다.

란데르트 공작은 당혹스러웠다. 자식이 잘못을 했으면 야단을 치는 건 부모의 마땅한 도리였다. 하나 그건 어디까지나 대화로 해결해야 할 문제이지, 손찌검은 안 될 소리다. 그건 그냥 폭력이고 학대였다.

　"늦은 나이에 어렵게 얻은 아들이라고 들었는데……."

　"그래서 많이 봐주고 있기도 하지요."

　하지만 헥터 공작도 사람이었다. 그리고 누구나 참는 데는 한계가 있는 법이었다.

　"남들 눈도 있고 하니 큰일은 없겠습니다만, 아까 공작 전하께서도 헥터 공작의 얼굴 보셨지요? 완전히 평정심을 잃고는 뒤도 안 보고 나가더군요. 예거 단장이 나선 만큼 기대를 꽤 했었나 봅니다."

　"누가 나섰든 헤이즈가 이겼을 것이다. 그러라고 내보낸 것이니까."

　　"절대 봐주지 마라. 수준의 차이를 여실히 보여주도록."

　대련에 나서기 전 란데르트 공작이 헤이즈에게 내린 명이었다. 그리고 그녀는 그 명을 아주 성실히 잘 이행했다.

　"상벌 위원회 일로 아직 화가 나 계신 겁니까? 그거라면 결과가 썩 마뜩잖긴 하지만, 아카데미 내에서도 해결하려고 노력 중입니다. 골치가 좀 아프긴 한데…….”

“그게 아니다.”

“…혹 다른 일이 더 있는 겁니까?”

냉담히 말을 자르는 란데르트 공작을 로티어스 교수가 놀란 듯 바라봤다.

공작은 일일이 설명하는 사람이 아니다. 특히 남의 허물에 대해서는 더더욱. 아무 말 없었지만 어쩐지 짐작이 갔다.

“휴, 안 그래도 좀 이상하다 여겼습니다. 오늘 같은 날 이렇게 상대를 겁박하는 건 제가 존경하는 분의 방식이 아니죠.”

“뭐라고 할 때는 언제고.”

“제자를 염려하는 선생의 마음이라 여겨 주십시오. 그 녀석을 대체 어디서부터 고쳐야 할지 모르겠습니다.”

“헥터 공작에 관한 네 말이 사실이라면, 오늘이야말로 배우는 바가 크겠지.”

다시는 함부로 바율에게 검을 겨누는 짓 따위는 못 할 것이다. 아비에게 혼날 녀석이 안쓰럽기는 하나, 란데르트 공작은 목적한 바를 이루었다. 지금은 그거면 되었다.

“과연 그러할까요?”

불쑥 끼어드는 음성에 란데르트 공작과 로티어스 교수의 고개가 동시에 돌아갔다.

"열여섯이면 사리 분간을 충분히 하고도 남을 나이입니다. 하물며 폭력이 지나간 자리, 그곳에 반성이나 후회 같은 게 있을 리 만무하죠. 아비에 대한 원망과 상대에 대한 복수심만이 가득할 겁니다."

두 남자가 대화를 나누는 동안 조용히 차를 홀짝이며 자리를 지키던 여인이었다. 세월의 무게를 이기지 못해 피부엔 주름살이 가득하고 머리털은 허옇게 세었지만, 여전히 맑은 눈빛에 귀태가 흐른다.

그녀로 말할 것 같으면 현 황제의 어머니이자 황태자에게는 할머니가 되는, 황실의 최고 웃어른 프리실라 황태후였다. 란데르트 공작과는 오랜 세월 알아 온 벗이기도 하였다.

"란데르트 공작, 언제까지 날 없는 사람 취급할 건가요? 제인, 네 녀석도 오랜만에 와서는 제대로 인사 한번 안 할 테냐?"

"어쩔까요? 안고 볼에 키스라도 해 드려요?"

"뭣이라?"

로티어스 교수의 발칙한 언사에 황태후의 눈썹이 휘어졌다. 분명 불쾌하다는 표시일 텐데, 어째선지 그녀의 눈빛에서 느껴지는 건 한없이 따사로운 애정이었다.

"보는 눈들이 많아서 참고 있는 거 안 보이십니까? 조금만 기다리세요. 이따가 아주 진하게 안아 드릴 테니."

로티어스 교수 역시 태도가 잔망스럽기 그지없지만, 그의 파란 눈에 담긴 감정은 황태후와 별반 다르지 않았다.

"송구합니다. 황태후께서 곤히 계신 듯하여 일부러 말을 아꼈습니다."

"벌써 뒷방 늙은이 취급하시는 겝니까? 난 우리가 아직 친구 사이인 줄 알았습니다만."

"당연한 말씀을 하십니다. 벗으로서 잠시나마 편히 쉬었으면 하는 바람이었습니다."

일견 건강한 듯 보이지만, 사실 황태후는 지병을 앓고 있었다. 불편한 몸 때문에 공식적인 자리에도 통 나서지 않던 그녀가 이곳에 있는 까닭은 하나뿐인 손자의 성년식을 축하하기 위함이었다.

오랜만에 화장도 곱게 하였고 화려한 의상도 입었지만, 병색을 완전히 숨길 수는 없었다.

"그래서 사람들을 물리셨습니까?"

프리실라 황태후는 황실의 최고령자였다. 끊이지 않고 이어지던 문안객을 란데르트 공작이 긴히 할 말이 있다는 핑계를 대며 차단시켰다.

"혹 서운하신 겁니까?"

"후훗, 아닙니다. 나도 나지만, 저들이라고 이 늙은이를 상대하는 게 무에 좋겠습니까. 황태자를 봤으니 그걸로 되었습니다."

마음 같아선 바로 코앞에 손자를 갖다 두고 오래도록 지켜보고 싶었다. 하지만 그건 불가능하다는 걸 누구보다 잘 아는 게 그녀다.

"한데 어째 말씀과 달리 눈빛에 수심이 가득하십니다. 황태자 전하가 그리 걱정되십니까?"

로티어스 교수의 물음에 프리실라 황태후는 차마 긍정도 부정도 하지 못했다.

아들의 뒤를 이어 보위에 오를 손자였다. 새장가를 앞둔 아들 녀석 때문에 근래 마음이 편치 않다. 죽을 날이 얼마 남지 않은 몸이어서 그런지, 자꾸 걱정이 늘어 갔다.

"뭘 그리 염려하십니까, 여기 이렇게 란데르트 공작 전하께서 딱 버티고 계신데요. 염려 붙들어 놓으셔도 됩니다."

"그대가 있어서 다행입니다."

황제인 아들보다도 더 믿음이 가는 이. 프리실라 황태후에게 란데르트 공작은 그런 친구였다.

"저 아이가 바율이군요."

멀찍이 떨어져 있는 바율을 가리키며 황태후가 미소 지었다.

"그대를 많이 닮았습니다. 선한 기운이 느껴져요."

"제법 괜찮은 구석이 많은 녀석입니다."

아비인 란데르트 공작을 대신해서 로티어스 교수가 웃으며 말했다.

"편입하고 처음 치른 시험에서 성적이 잘 나온 것으로 보아 머리도 꽤 좋은 것 같고, 바른 인성에, 허약해 보이나 의외로 강단이 있더군요. 공작 전하께서 바쁘신 와중에도 자식 교육을 나름 잘 시키신 듯합니다."

"지금 내 앞에서 내 자식을 평하는 게냐? 제인, 네가?"

란데르트 공작이 어이없다는 듯 바라보자 로티어스 교수가 허리를 세우며 짐짓 거드름을 피웠다.

"어허, 그새 또 잊으신 겁니까? 제가 무엇으로 밥벌이를 하고 사는지?"

"그래, 그게 너무 신기해서 자꾸 잊어버린다."

"나도 그래요. 이 녀석이 어떻게 선생이 된 건지 아직도 믿기지가 않습니다. 아카데미에선 자격 검사도 안 하는 걸까요?"

"황태후 마마! 자격 검사라니요? 이래 봬도 제가 최고 인기 교수라고요! 아이들이 역사 수업을 얼마나 기다리고 고대하는지 아십니까? 제 수업 한번 들어 보시겠어요? 그럼 그런 말씀 쏙 들어가실 텐데!"

"됐고, 담배는 끊었느냐?"

피하고 싶은 질문이 훅 들어왔다. 높으신 분에게 감히 거

짓을 고할 순 없다. 그렇다고 사실대로 말하자니 저를 걱정하는 이 늙은 분께서 역정을 낼 게 틀림없다.

그렇다면 방법은 하나.

"그나저나 저 여인은 누구랍니까? 이름이 헤이즈라고 했지요? 못 보던 얼굴인데 언제 기사단에 들어왔대요? 실력이 어마무시하던데요? 공작 전하의 수제자, 뭐 그런 겁니까?"

"제인, 너……."

"저도 소개 좀 해 주십시오. 예거 단장의 오러 검을 한 방에 팍 깨뜨리던 그 솜씨! 아, 정말이지 한눈에 반하고 말았습니다. 무인으로서, 아니, 무를 경외하는 범인으로서 제가 느낀 바를 꼭 전하고 싶습니다. 란데르트 공작 전하를 배경 삼아 어떻게 안 될까요?"

못 보던 사이에 위기를 모면하는 능력이 늘었다. 능청스럽게 이어지는 로티어스 교수의 말발에 결국 황태후가 먼저 두 손을 들었다.

"차나 한 잔 더 하시겠습니까?"

한숨을 내쉬며 황태후가 고개를 끄덕였고, 란데르트 공작이 웃으며 시녀에게 손짓했다. 곧 따뜻한 차가 둘 사이에 놓였다.

2.

란데르트 공작이 황태후와 사담을 나누고 있을 그 시각, 바율은 에이단과 함께 일라이를 구경 중이었다.

"와. 쉴 틈이 없네. 쉴 틈이 없어."

"라이도 참 대단한 것 같아. 눈살 한 번을 찌푸리지 않잖아. 저런 게 매너인가?"

"매너는 무슨. 저건 그냥 타고난 거야. 그게 아니라면 설명할 길이 없어."

"집시 일족은 흥이 많다면서? 라이의 춤 실력도 그런 데서 비롯되었겠지?"

"글쎄다. 범생이 중의 범생이가 기똥찬 노래 실력에 이어서 화려한 춤 솜씨라니. 뭐가 또 튀어나올지 문득 궁금해지네."

그랬다. 미친(?) 미모로 황실 사교계를 일시에 평정한 일라이는 아까부터 밀려드는 춤 신청에 그림 같은 미소로 화답하며 모조리 응하는 중이었다.

범접할 수 없는 외모 탓에 그저 바라보기만 하던 여인들이 일라이의 첫 승낙에 비명을 터뜨리며 누가 시키지도 않았는데 알아서 척척 줄을 서 댔다.

전부 '이게 웬 횡재냐!' 하는 얼굴들이었다. 도도할 것만 같았던 미의 남신이 그 어떤 신사보다도 다정하고 부드럽게 상대를 해 주니 여인들이 속수무책으로 쓰러졌다.

"황태자 전하께서 마음 상하진 않으시겠지?"

"여자들 관심이 라이한테 다 쏠려서?"

"응, 오늘이 생일이시잖아. 괜히 엉뚱한 데로 불똥이 튀기라도 할까 봐서……."

"그런 걱정이라면 할 필요 없을 것 같다."

"응?"

"아까 못 봤어? 폐하와 함께 자리 비우시기 전까지 내내 헤이즈 경만 쳐다보시던 거? 아주 뚫어질 것 같더라."

"그거야 대련 끝나고 다들 그랬잖아."

바율도 그중 한 명이었다. 예거 단장과 헤이즈 경은 언뜻 보기에도 체격 차이가 상당했다. 남자와 여자라는 사실을 떠나서, 헤이즈 경이 아담한 편이라면 예거 단장은 거구에 속했다. 그런 상대를 일격에 무력화시킨 그녀의 위용은 실로 대단하고 충격적이었다.

"맞아. 많은 사람들이 그랬지."

갑자기 에이단이 머리를 들이밀며 귓속말로 소곤거렸다.

"난 라나사가 그런 표정 짓는 것 처음 봤다. 소름이 쫙 돋더라고."

"아까 헤이즈 경에게 사인받을 때 말이지?"

"어! 붉어진 얼굴로 수줍게 말을 거는데, 순간 꿈꾸는 줄 알았다니까. 아무래도 별명을 잘못 지은 것 같아."

그러고 보면 사절단이 된 후로 라나사에게서 의외의 면을 계속 보게 된다. 루빈스키를 대하는 다정한 말투와 태도도 그렇고, 헤이즈 경을 우러러보던 표정 역시 그러하다.

라나사의 차가움은 남자들에게만 한정된 것인가?

급기야 말도 안 되는 추리까지 도달했다.

"오늘 우리가 본 거 슈빅한테 말하면 믿을까? 그 녀석 사기 치지 말라고 난리 필 것 같지 않냐?"

"쉽게 믿진 않겠지. 근데 에이단, 왜 자꾸 귓속말로 말하는 거야?"

에이단이 속닥이니 덩달아 바율도 목소리가 작아졌다.

"저기."

녀석의 눈짓에 바율이 돌아보자 그리 멀지 않은 곳에 라나사와 그녀의 가족들로 추정되는 이들이 보였다.

"저분들이 라나사의 부모님인가 봐. 하나도 안 닮았다. 그치?"

바율은 일전에 기차에서 라나사의 엄마를 직접 목격한 적이 있었다. 라나사와 놀라울 정도로 닮았던 그녀의 모습이 아직도 생생히 기억난다.

"아니야. 라나사의 어머니는 여기에……."

안 계신 것 같다는 말을 이어 붙이려던 찰나였다. 라나사를 사이에 둔 중년의 부부가 껄껄 웃으며 딸 자랑을 늘어놓았다. 이렇게 예쁘고 반듯한 따님을 두셔서 부럽다는 말들이 사방에서 쏟아졌다.

"거봐, 딸이라잖아. 그럼 저분이 보스트리지 남작님이겠지?"

에이단의 말이 귀에 들어오지 않았다.

'내가 얼굴을 잘못 기억하고 있는 건가? 분명 라나사와 같은 적금발에 보라색 눈동자였는데.'

당시 아버지는 보지 못했으니 확신할 수 없어도, 저 여인은 절대 아니었다. 아무리 보고 또 봐도 닮은 구석이라곤 손톱만큼도 찾아볼 수 없었다.

'라나사……?'

그런데 라나사의 표정이 좀 이상했다. 오랜만에 만난 가족일 텐데 어딘지 어색한 기류가 감돈다. 예의 바르게 인사하며 웃고 있지만 뭔가 경직된 느낌이랄까.

"바율, 우리 답답한데 나갈까?"

"…어? 뭐라고?"

"바람이나 좀 쐬러 나가자. 라이 녀석 춤추는 거 끝나려면 한참 멀었잖아."

일라이를 기다리는 여성들의 줄은 여전히 끝이 보이지 않을 정도로 길었다. 이만하면 친구로서 많이 기다려 준 셈이다. 아무리 야외 홀이라지만 사람 많은 곳에 있으려니 피곤해진다.

"퀸이랑 로건이 찾으면 어떡하지?"

"로건 자식이야 부모님 뵈러 갔으니 언제 올지 모를 일이고, 퀸이야 뭐 냄새 맡고 알아서 잘 찾아오겠지."

"퀸이 냄새를 맡고 우릴 찾아올 거라고?"

에이단의 아무 말에 바율이 기막혀하는데 녀석이 돌연 두 손뼉을 마주쳤다.

"아! 셰임에게 부탁하면 되는 거 아닌가? 퀸이 찾으면 알려 달라고 해!"

"…와, 진짜 그러면 되겠다!"

머릿속이 번쩍했다. 왜 생각하지 못했을까? 땅의 정령인 셰임에게 이쯤은 일도 아닐 것이다. 우리가 딛고 있는 이 땅이야말로 셰임의 세상이다. 왠지 새로운 기술 하나를 얻은 것 같아 기분이 좋다.

'셰임, 부탁할게요.'

대답은 없었지만, 셰임이라면 듣고 있을 거라고 바율은 믿었다.

"에이단, 어디로 갈까?"

3.

"나오니까 좋다."

북적대던 사람들 틈바구니에서 빠져나오자 확실히 눈과 귀의 피로도가 줄었다. 아카데미 입학 전과 비교하면 많이 나아지긴 했지만, 시선을 견디는 건 역시나 쉽지 않다. 긴장이 풀어지면서 그제야 주변 풍경이 눈에 들어왔다.

"나무들이 너무 말랐네. 이맘때면 원래 열매도 맺고 이파리도 풍성하게 자라야 하는데……."

서산 너머로 해가 지고 있었다. 붉게 물든 하늘은 여느 때처럼 아름다웠지만, 앙상한 가지와 퍼석하게 마른 잎들이 바율을 심란케 했다.

"가뭄이잖아. 나라 전체가 여기저기 난리인데 황도라고 멀쩡하겠어? 집안 상인들한테 들었는데 캐링스턴이 이상한 거래."

"이상하다니? 뭐가?"

"거기만 자연재해가 별로 없거든."

"그건 좋은 거지, 이상한 게 아니잖아."

"물론 아주 다행한 일이지. 근데, 폭풍 전야 같다고 해야 할까? 다른 지역에 비해 너무 온전하니까, 나중에 몰아서 더 크게 올까 봐 무서운 거야. 닥쳐올 미래에 대한 불안함

같은 거지."

바율은 온후한 날씨 아래 태평하게 살아가는 캐링스턴 사람들을 보며 부럽다는 생각을 했었다. 하지만 그들 역시 마음 한편엔 해밀턴 사람들과 같은 두려움을 품고 있었다.

"내가 더 노력할게."

정령의 부재로 지금과 같은 시대가 되었다. 가끔 어째서 하고많은 사람 중에 자신이 정령사가 된 것일까 고심하지만, 그럴수록 사명감은 커져 간다.

"나와 같은 정령사가 계속 생겨났으면 좋겠어. 그럼 이 세계가 조금은 더 빨리 편안해질 수 있잖아."

"사실은 어딘가에 있는데, 알려지지 않은 거 아닐까? 나도 예전에 나와 비슷한 능력자가 있다는 얘길 들은 적이 있거든."

동물과 교감이 가능한 이능을 가진 자. 에이단은 언제고 그런 사람을 꼭 만나고 싶었다.

"…당연히 그렇겠지?"

정령사가 자신 하나뿐이라는 건 조금 끔찍했다. 모든 책임을 혼자 떠안는 기분이다.

"근데 정령사는 정령사를 보면 한눈에 딱 알아볼 수 있어?"

"글쎄……."

정령사를 대면한 적이 없으니 알 길이 없다.

"에이단, 너는? 너는 알아볼 수 있어?"

"나? 글쎄. 그건 나도 모르겠네. 갑자기 되게 궁금해진다. 근데 나와 같은 능력자가 재수 없는 인간이면 진짜 짜증 날 것 같아. 안 그러냐? 어라……? 저기 엘레인이네."

바율과 에이단이 시답잖은 대화를 나누며 걸어가는데, 불쑥 엘레인이 그들 시야에 잡혔다. 한데 녀석은 혼자가 아니었다. 양옆으로 웬 남자 둘이 엘레인을 붙잡고 억지로 끌고 가는 듯한 모양새였다.

"뭔 일이지? 어째 좀 수상한데?"

척 보기에도 인상이 좋지 않았다.

"엘레인 녀석, 좀 주눅 든 것 같지 않아?"

"기차에서의 일로 아직도 신경 쓰고 있는 건가? 그럴 필요 없다고 아까 얘기했는데."

"아니야, 좀 다른 것 같아."

에이단의 촉이 그랬다. 녀석과 함께 있는 두 남자의 표정이 몹시 거슬렸다.

"에이단, 어디 가!"

본능적으로 두 다리가 움직였다. 에이단은 조용히 하라는 듯 검지로 입술을 가리며 엘레인의 뒤를 밟았다. 말릴 새도 없이 가 버리는 바람에, 결국 바율도 소리를 죽인 채 에이단을 따라갔다.

"오랜만이다, 엘레인?"

얼마 가지 않아 문제의 일행과 거리가 좁혀졌다.

"넌 형들을 보고서도 어째 인사가 없냐?"

"우리가 하나도 안 반가운가 보지?"

"……."

"뭐야, 이 새끼? 왜 말이 없어?"

"너 지금 우리 무시하냐? 못 본 사이 많이 컸다?"

들자 하니 두 인물은 엘레인의 형 같았다. 그런데 빈정대는 말본새 하며 껄렁대는 모습이, 누가 봐도 괴롭히는 형국이다.

"…잘 지내셨습니까?"

"고럼! 당연히 잘 지냈지. 너 때문에 집안이 좀 시끄러웠냐? 요즘은 하도 조용해서 내가 책을 다 읽는다!"

"형은 그래? 난 잠이 엄청나게 잘 오더라고. 매일 밤 숙면을 하니까 아침마다 기분이 그렇게 상쾌할 수가 없어! 이래서 집안에 사람을 잘 들여야 한다는 말이 있는 건가 봐."

엘레인의 양팔이 미세하게 흔들렸다. 예전이라면 이미 주먹이 날아가고 있겠지만 이제는 참아야 한다. 그가 어금니를 꽉 깨물었다.

"그래도 너 출세했다? 천출이 황궁에도 다 와 보고, 성공했어!"

"아카데미에선 사고 안 치고 잘 지내나 보지? 모범생인
척 흉내를 아주 잘 내나 봐?"

"네 녀석이 뭘 하든 상관없는데, 포레스트 가문에 먹칠
이라도 하는 날엔 어떻게 되는지 알지?"

"넌 존재만으로도 우리 가문의 수치야! 그러니 백 배, 천
배 더 노력해서 갚아야 한다고! 이 형들 말씀 잘 알아듣겠
냐? 앙?"

형제 중 하나가 주먹으로 엘레인의 가슴을 툭 쳤다. 제법
강도가 센지 엘레인이 두어 발자국 뒤로 밀렸다.

"에이 씨!"

보다 못한 에이단이 나선 것은 그때였다. 녀석이 쿵쾅거
리며 걸어 나갔다.

"그렇게 시끄럽게 떠드는데, 못 알아먹는 게 더 어려운
일 아니겠어요?"

"뭐야, 넌?"

녀석의 등장에 놀란 건 엘레인뿐이었다. 갑자기 난입한
작달막한 불청객을 형제가 인상을 구기며 쳐다봤다.

"……!"

물론 그런 내색은 오래가지 못했다. 뒤따르는 바율을 알
아본 것이다. 곧 그들의 표정은 가면을 바꿔 쓰기라도 한
듯 달라졌다.

"…너희가 여긴 어쩐 일이야?"

"공공장소에서 누가 이렇게 예의 없이 소리를 꽥꽥 질러 대나 궁금해서 와 봤지. 근데 엘레인 네가 있네? 이쪽은 누구?"

에이단의 친근한 말투에 엘레인이 잠시 머뭇거리다 소개했다.

"…내 형님들이야. 작년에 아카데미를 졸업하고 아버지 일을 돕고 있어."

"여, 반갑다. 엘레인의 친구를 이런 데서 만나게 될 줄이야. 난 파렐이고 이쪽은 워너라고 해."

"안녕하세요. 에이단 슈 레오네트라고 합니다."

에이단은 부러 성에 힘을 꾹 주어 말했다. 아니나 다를까.

"설마 그 레오네트 백작가?"

형제의 눈이 휘둥그레졌다. 레오네트 가라면 포레스트 가문 따위는 상대도 안 될 만큼 엄청난 부를 축적한 유서 깊은 가문이었다. 금번 황태자의 생일에도 가장 값비싼 선물을 보낸 이가 바로 에이단의 할아버지인 레오네트 백작이었다.

"바율이라고 합니다."

어느새 다가온 바율까지 정중히 인사하자 둘은 한순간

말을 잇지 못했다. 제국의 내로라하는 가문이 전부 모인 이 때, 개중에서도 제일이라 할 수 있는 두 가문의 자제가 그들에게 인사를 하고 있는 것이다.

더욱이 어떻게 구워삶았는지 엘레인과 꽤 친한 사이 같았다. 굼벵이도 구르는 재주가 있다더니, 지금이 딱 그 짝이다.

"그런데 무슨 일입니까? 혹시 엘레인이 뭐라도 잘못했나요? 얼핏 들리는 게 막 혼내시는 것 같던데?"

"…아, 아니야! 혼내기는 무슨!"

"그냥 오랜만에 만나서 반가운 마음에 표현이 좀 격했던 거지. 우린 아무 문제 없어. 그치, 엘레인?"

워너가 과장되게 웃으며 동생의 어깨를 감쌌다. 엘레인의 큰 키 때문에 불편하게 까치발까지 해야 했지만, 지금은 그런 걸 신경 쓸 때가 아니었다.

"이상하다. 가문이 어쩌고 수치가 어쩌고 그랬던 것 같은데, 아닌가……? 바율, 넌 못 들었어?"

"으응, 나도 그 비슷한 소리를 들은 것 같기도 하고 아닌 것 같기도 하고……."

일전에 아말 꽃 때문에 타락의 숲에 갔다가 있었던 일로 에이단은 엘레인에 대한 감정이 그리 좋지 않았다. 그럼에도 녀석이 나선 건 그냥 넘길 수가 없어서다.

여럿이 하나를 괴롭히는 것. 에이단이 아주 싫어하는 짓 중 하나였다.

"엘레인, 네 친구들이 뭔가를 오해한 것 같은데 네가 얘기해 보는 게 어때?"

웃고 있지만, 눈빛은 싸했다. 알아서 잘 해명하라는 경고였다.

"…그냥 형제들 간의 일이야. 별일 아니니 너희는 신경 꺼."

"그래?"

"어, 그러니 먼저 가. 난 형들이랑 좀 더 얘기하다가 갈게."

"그건 안 되겠는데?"

"…뭐?"

"아까 퀸이랑 로건이 너 찾았단 말이야. 같이 가자."

"나를 찾아……? 퀸과 로건이?"

"무슨 상의할 게 있다고 하던데? 그렇지, 바율?"

"응, 엇갈리기 전에 얼른 가자."

이대로 엘레인을 두고 가는 건 바율도 반대였다. 바율이 엘레인의 팔을 잡으며 서둘렀다.

"…급한 일인가 보네. 그래, 엘레인. 지금은 우선 가 보고 우린 나중에 다시 얘기하자."

녀석을 붙잡고 있을 명분이 없었다. 설령 있다 해도 저들의 배경을 생각하면 내어 줄 수밖에 없었다. 파렐이 떨떠름하게 동생을 놓아주자 에이단과 바율이 인사도 없이 엘레인을 데리고 형들에게서 멀어졌다.

4.

"이만하면 됐어."

그렇게 얼마나 걸었을까. 한적한 장소에 이르렀을 때 엘레인이 바율에게 잡힌 팔을 빼냈다.

"…너희 다 들은 거지? 이유가 뭐야?"

"뭔 이유?"

"날 거기서 왜 데려왔냐고."

가장 들키고 싶지 않은 모습이었다. 누구에게도 보이기 싫은, 오롯이 홀로 감당해야 할 그의 치부라면 치부였다.

"말투가 왜 그래? 난 뭐 네가 예뻐서 도와준 줄 알아?"

"그러니까 웬 참견이냐고! 내버려 뒀으면 내가 알아서 처리했을 텐데, 너희가 뭔데 나서?"

"엘레인, 화내지 말고 진정해. 우린 그냥 친구니까……."

"핫, 친구? 천출인 나와 너희가 친구가 될 수 있다고 생각해?"

"안 될 건 뭔데? 이제 보니 너 아주 열등감으로 찌들었
구나? 제 잘난 맛에 사는 놈인 줄 알았는데, 내가 잘못 봐
도 한참을 잘못 봤네!"

에이단의 이죽거림에 엘레인의 얼굴이 벌게졌다. 지금이
야 어엿한 둘째 부인으로 불리지만, 그의 어머니는 하녀 출
신이었다. 아버지의 애정을 독차지하는 어머니 덕에 엘레인
은 어린 시절부터 항상 배다른 형제들에게 시달려야 했다.

"네가 나에 대해서 뭘 알아? 너 같은 녀석들은 날 죽어
도 이해 못 할걸?"

"그럼 말해 봐. 이제라도 알아볼 테니까."

"…뭐?"

"사람이 말을 해야 뭐든 알아듣고 이해를 할 것 아니야.
그러니까 말해 보라고. 넌 뭐가 그렇게 억울하고 매사 불만
이냐? 기차에서 사고 치고 내내 미안해서 어쩔 줄 몰라 하
더니, 지금은 뭐에 그렇게 뿔났어? 형들에게 당하고 있는
널 보고 그냥 지나치지 못한 게 그렇게 잘못한 일이냐? 말
해 봐! 뭐가 문제인 건데?"

에이단의 당당한 요구에 엘레인은 순간 말문이 막혔다. 들
어 줄 테니 얘기해 보라는 사람은 사제님 이후로 처음이었다.

'제기랄.'

역시나 이놈의 욱하는 성질이 문제였다. 누르고, 누르고

또 누르며 살아왔지만, 때가 되면 마치 화산이 폭발하듯 이렇게 터져 버리고 만다. 가장 숨기고 싶은 부분이 발각돼 버렸기에 더 예민하게 반응했는지도 모르겠다. 언제나처럼 이어지는 건 후회와 자책이었다.

"…미안해."

에이단과 바율은 묵묵히 기다려줬다.

"…좀 전엔 고마웠어. 형들한테 꽤 오래 붙잡혀 있을 줄 알았거든. 봤다시피 우리 사이가 좀…… 별로야."

"나도 뭐 비슷해. 형이라는 족속들이 원래 다 그런 거 아니겠냐?"

"바그녀 사제님은 나에겐 남다른 분이셔. 사제님이 널 치료하다가 몸이 많이 상하셨는데, 바율 네가 인사도 없어서 내가 좀 화가 났었어."

"아, 그래서……."

대꾸도 않고 쌀쌀맞았던 녀석의 행동이 이제야 이해되는 순간이었다.

"내가 좀 심하게 다혈질이라 실수도 잦고 심리적으로 자주 왔다 갔다 해. 이런 나도 괜찮다면…… 친구 할 수 있을까?"

어렵게 꺼낸 말이었다. 아카데미에 입학하고 몇 달이나 지났지만, 엘레인에겐 아직 친구라고 할 만한 이들이 없었다. 스스로가 벽을 세운 탓이 컸다.

"당연하지. 다혈질이라면 나도 한 다혈질 하니까 너무 걱정 마."

에이단이 킥킥거리며 웃자 비로소 엘레인의 입가에도 미소가 지어졌다. 영문도 모른 채 미움을 받던 상대와 오해를 풀고 친구가 된 바율의 얼굴에도 빙그레 웃음이 피었다.

"근데 아까 퀸이 날 찾는다는 말은 뭐야? 진짜야?"

"아, 그거?"

"내가 찾았다고? 누구를?"

분위기가 막 화기애애해지는 찰나, 익숙한 음성이 끼어들었다.

"퀸, 왔어?"

"우리 어떻게 찾았대? 진짜 냄새 맡고 왔냐?"

"내 얘기 뭐냐고."

"그런 게 있다. 넌 알 거 없어."

"뭐래."

퀸이 못마땅하다는 듯 이마를 찌푸렸지만 아무도 상관하지 않았다. 한동안 세 소년은 깔깔거리며 서로의 일신상에 대해 털어놓았다.

Chapter 7.
네가 마음에 들었어

1.

황궁에서의 시간은 생각보다 빠르게 흘러갔다. 며칠간 파티가 계속되었고 그 파티에 참석하는 것이 사절단의 일과 전부였지만, 바율과 친구들은 나름 재미있고 의미 있는 시간을 보냈다.

이제 내일이면 아카데미로 돌아간다.

돌아갈 곳이 있다는 것.

예전에는 그게 어떤 기분인지 알지 못했다. 몇 달 사이에 많은 것들이 달라졌다. 친구를 사귀고 정령사가 되었고 처음으로 소속감이란 게 생겼다.

'형이 보았다면 좋아했겠지.'

모처럼 바일 생각이 나는 밤이었다. 함께였다면 지금보다 백배는 행복했을 텐데. 형의 부재가 새삼 서럽고 아프다.

"안에서 기다리고 계십니다."

시종의 안내에 바율은 고개를 끄덕이며 안으로 들어갔다.

"왔어?"

린데만 황태자가 읽고 있던 책을 내려놓으며 바율을 반갑게 맞았다. 어느덧 두 번째로 찾는 황태자 궁이었다. 이번엔 바율과 황태자, 단 둘뿐이었다.

"앉아."

바율은 긴장된 표정으로 황태자가 가리키는 자리에 앉았다.

"혼자라서 놀란 모양이네."

"예, 조금……."

솔직히 전처럼 자레드 녀석이든 누구든 있을 줄 알았다. 황태자와의 독대는 전혀 생각하지 못했다.

"내가 물어보고 싶은 게 있어서 불렀어. 근데 다른 사람이 있으면 답해 주지 않을 것 같더라고."

"…제게 여쭤보실 것이 있다는 말씀입니까?"

"응, 아무리 생각해도 내 생각이 맞는 것 같아서 말이야."

린데만 황태자가 파란 눈을 들어 바율을 곧이 응시했다.

"그거, 너지?"

"······?"

"설명할 순 없지만 내 감이 그래. 자꾸 바율 너라고."

"무슨 말씀이신지······?"

황태자의 뜬금없는 발언을 바율은 이해할 수가 없었다. 다짜고짜 너냐니? 뭐가 나란 말인가?

"아, 내가 급한 나머지 말이 너무 앞섰네. 미안."

"아닙니다. 말씀하십시오."

"주전자, 나무줄기."

황태자는 부연 설명 없이 핵심 단어만을 딱딱 내뱉었다.

"······!"

그리고 바율은 놀라지 않을 수 없었다. 황태자가 무슨 얘기를 할지 전혀 모르고 있었던 게 사실이지만, 분명 이와 관련된 건 아니었다.

"역시 내 생각이 맞았네."

바율을 유심히 살펴보고 있던 린데만 황태자가 회심의 미소를 지었다.

"그날 되게 이상했거든. 사람이 갑자기 뜨거운 찻물에 화상을 입고, 느닷없이 떨어진 나무줄기에 매타작까지 당했는데 혼자만 놀라지 않더군. 침착해도 너무 침착했달까?"

"…제, 제가 그랬습니까?"

"오히려 지금 더 놀라고 있잖아. 마치 중요한 비밀이라도 들킨 사람처럼."

"…비밀이라니요. 그런 거 없습니다."

"난 돌려서 말하는 걸 싫어해. 궁금한 것도 참지 못하고."

황태자의 눈길이 바율에게 한참 머물렀다.

"어떻게 한 거야? 마법도 무예도 전혀 배우지 않았다고 들었는데. 녀석들에겐 일부러 그런 거지?"

"……."

"퀸이라고 했던가?"

황태자의 입에서 퀸이 거론되었다.

"파티장에서 보니깐 그 인어족 소년과 매우 친해 보이던데, 퀸을 모욕해서 화가 났던 거 맞지? 녀석의 입에서 비린내란 말이 튀어나왔을 땐 나도 꽤 불쾌했거든. 그 녀석이 그러는 게 어제오늘 일도 아니긴 하지만 말이야."

와, 예리했다.

내가 그렇게 티 나게 행동했던가?

진심으로 아무도 모를 거라고 생각했다. 정령이 남들 눈에는 보이지 않는다는 것 때문에 아무래도 조금 방심을 한 모양이다.

"신고식도 자레드 짓이라는 거 알아. 아카데미에서 바율

네게 그런 장난을 칠 수 있는 건 그놈뿐일 테니까. 얘기가 나왔을 때 가만히 말도 없이 있는 게 수상하기도 했고."

"…자레드와 친하신 것 아니었습니까?"

"내가 그 녀석과? 하핫!"

황태자가 갑자기 웃음을 터뜨렸다.

"친하다라…… 근데 그 기준이 뭐지? 자주 만나는 사이? 내가 좋아하는 사람? 좋은 관계를 유지해야만 하는 상대? 이 중 어떤 거야?"

가볍게 툭 던지듯 묻고 있지만, 그의 눈빛은 꽤 진지했다. 그래서 바율은 대답했다.

"마음을 털어놓을 수 있는 사람."

"……?"

"제 기준으로는 그렇습니다."

"그럼 아니네. 난 자레드에게 주로 마음에 없는 말만 하거든. 넌 어때? 내가 마음을 털어놔도 되겠어?"

황태자가 단도직입적으로 물었다. 그가 무슨 진의로 이러는 것인지 바율로서는 그저 헷갈리고 당황스러웠다.

"자꾸 놀라네. 넌 내가 별로야?"

"아, 아닙니다. 그런 거……."

당치 않다는 듯 바율이 황급히 고개를 내젓자 황태자가 피식 웃으며 말했다.

"란데르트 공작님과 너, 참 다르다. 하나도 안 닮았어. 어쩜 이렇게 다르지?"

"…저도 알고 있습니다."

"아, 오해는 마. 성격을 말하는 거니까. 난 공작님이 당황하시는 걸 본 적이 없거든. 어떤 상황에서도 늘 침착함을 유지하시지. 철저하게 감정을 숨기는 것. 황태자인 내가 반드시 해야만 하는 일이야."

잠시 생각에 잠기는 듯하더니 황태자가 다시 질문을 던져 왔다.

"캐링스턴에서 자레드와 무슨 일이 있었던 거지?"

"무슨……?"

"대련 말이야. 다들 엄청 수군거렸어. 란데르트 공작님께서 손수 나서서 헥터 공작을 지목하신 건 처음이니까. 이러다 두 공작가가 전면전이라도 벌이는 것 아니냐며 걱정이 이만저만이 아니더군."

아마 추후에도 그럴 일은 절대 없을 것이다. 제국의 안녕을 위해 평생을 바친 아버지셨다. 헥터 공작이 역모라도 저지르면 모를까. 내전 따위를 일으킬 분이 아니었다.

"근데 난 알아. 란데르트 공작님은 웬만해선 흔들릴 분이 아니란 걸. 지금껏 헥터 공작의 어떤 도발에도 꿈쩍 않던 분이신데 갑자기 왜 그러셨을까? 모름지기 안 하던 행동을 할 땐 분명 그럴 만한 이유가 있는 거잖아?"

그래서 린데만 황태자는 곰곰이 따져 봤다. 이전과 무엇이 달라졌을까. 무엇이 란데르트 공작을 자극했을까.

"내 생각엔, 유일한 변수가 바율 너더라고. 자세한 내막은 몰라도 헥터가에서 널 건드렸겠지. 대련은 그것에 대한 응징이야. 다신 허튼짓하지 말라는 경고이기도 하고. 그렇지?"

바율은 긍정도 부정도 하지 않았다. 일련의 정황만으로 이렇게까지 추론을 해내는 황태자의 능력은 솔직히 감탄스러웠다.

"아무튼 대단해! 그리고 축하해! 두 부자의 복수가 깔끔하게 끝났으니 당분간 그쪽 부자들도 조용하겠지. 괜히 내가 다 기분이 좋네."

린데만 황태자가 하얀 이를 드러내며 시원하게 웃었다. 같은 마음이라니 감사하기는 한데, 상대가 상대이니만큼 함께 웃기는 어려웠다.

"겨울 정원에서의 일은 곤란해하는 것 같으니까 더 묻지 않을게. 엄청나게 궁금한데 꾹 참는 거니까, 언젠가 말할 수 있는 날이 오면 그땐 자세히 설명해 주는 거다?"

"…예, 그렇게 하겠습니다."

황태자가 꼬치꼬치 캐물으면 뭐라고 답해야 할지 고민이었는데, 그러지 않아도 된다니 다행이었다.

"난 네가 마음에 들었어."

"네?"

"자레드를 싫어하지?"

바율은 말을 아꼈지만, 황태자는 이미 확신에 찬 얼굴이었다.

"그런데도 가국어를 못하는 녀석을 위해 끝까지 제국어로 말하던 모습, 꽤 인상 깊었어. 순간 란데르트 공작님이 떠올랐지. 아들은 아들이구나 싶더라고."

칭찬인가?

"응, 칭찬이야. 속마음이 이렇게 보이는 것도 마음에 들어. 너와는 친구가 될 수 있을 것 같아. 이왕이면 친한 친구."

황태자가 불쑥 손을 내밀었다.

"악수하자."

바율은 즉시 일어나 그의 손을 잡았다. 좋고 싫고는 별개의 문제였다. 황태자가 내미는 손길을 거부했다간 황실 모독죄로 잡혀갈 수도 있다. 바율에겐 선택의 여지가 없었다.

"내 숙부님과는 어때? 좀 괴짜이시기는 하지만 잘해 주시지?"

이건 또 무슨 소리인가?

바율의 눈이 동그래지자 황태자가 말했다.

"마음을 터놓아야 친해질 수 있다면서. 친구가 되었으니 사적인 얘기도 하며 가까워지려고 노력해 보는 거야."

"……?"

"…너 모르는구나? 당연히 알고 있는 줄 알았는데."

린데만 황태자가 잠시 뜸을 들였다가 설명했다.

"로티어스 제인 폰 윈터. 네게는 교수님이고 나에겐 숙부님이지. 아버지의 배다른 동생이라고 하면 이해가 빨라지려나?"

"…그 말씀은, 로티어스 교수님께서 황족이라는 뜻입니까?"

"응, 근데 너도 봐서 알겠지만 워낙에 특이한 양반이잖아. 갑갑한 황실이 싫다고 뛰쳐나가더니 캐링스턴에서 학생들을 가르친다고 하데? 그때 내가 받은 배신감이 얼마나 컸는지 알아?"

"하, 하지만 어째서 성이……?"

"왜 무어가 아니냐고?"

황제의 배다른 동생이라 함은 전대 황제의 아들이다. 당연히 황실의 성을 이어받는 것이 마땅했다.

"바꾸신 거야. 무어라는 성을 달고 사는 건 불편한 점이 훨씬 많다면서 개명하셨어. 아버지가 호통까지 치며 말리셨지만 소용없었지. 할머니 말씀으론 어릴 때부터 말을 더럽게 안 들으셨대."

할머니의 말투를 흉내 내며 로티어스 교수의 어린 시절 이야기를 하는 황태자의 모습이 유난히 밝아 보였다. 진심으로 교수님을 좋아하는 마음이 느껴졌다.

'그래서 친구가 되어 주라고 하셨던 거구나.'

사절단에 뽑혀 로티어스 교수님의 사무실을 찾았을 때, 꼭 친구가 되길 바란다던 말씀이 이제야 이해가 간다. 그땐 무척 뜬금없다고 여겼는데, 교수님 역시 조카가 마음에 쓰인 것이다.

"일전에 그리운 분이라고 하셨던 게 그럼……."

"맞아. 자주 보지 못하니까. 좀 바쁘신 척을 해야지. 이번에도 내 생일 아니었으면 안 오셨을걸?"

가끔 서신으로 서로의 안부를 묻는 게 전부였다.

"제인 숙부님은 내게 정말 소중하신 분이야. 바율 네가 숙부님과 잘 지냈으면 좋겠다."

어머니가 돌아가시고 힘든 시간을 보내던 시기가 있었다. 그때 숙부님이 계셔서 많은 위로가 됐었다.

"아카데미에서 처음 뵌 분이 로티어스 교수님입니다. 편입생인 저를 많이 챙겨 주셨죠. 실은 퀸과 룸메이트가 된 것도 교수님 덕분입니다."

"그래?"

"네, 학생들에게 인기도 많으세요. 좀 엉뚱하시긴 하지만, 재미있고 저희들을 인간적으로 존중해 주시는 좋은 분이시거든요."

바율은 황태자를 위해 아카데미에서 있었던 로티어스 교수에 관한 일화를 털어놓았다. 굳이 얘기할 필요가 있을까 싶을 정도로 작고 사사로운 것들이 대부분이었지만, 황태자를 위해 기꺼이 시간을 할애했다.

머리를 잘 빗지 않고 구겨진 옷차림으로 다닌다는 얘기를 꺼냈을 땐 거기에서도 그러냐며, 역시나 사람은 쉽게 변하지 않는다면서 깊은 한숨을 내쉬었다.

"참, 헤이즈 경 말이야. 어떤 사람이야? 나이는 몇 살인지 알아?"

그러던 차였다. 황태자가 난데없이 헤이즈 경에 대해 물어 왔다.

"그런 엄청난 여기사가 갑자기 어디서 나타난 거야? 다들 궁금해서 여기저기 난리인데, 그녀에 대해 아는 사람이 아무도 없더라고. 넌 진작 알았겠지? 혹시 결혼은 했나?"

왜 갑자기 에이단의 말이 생각났는지 모르겠다. 헤이즈 경을 향한 황태자의 관심이 단순히 그녀의 무력에 대한 호기심인지, 아니면 여인으로서의 호감인지 판단하기가 영 어려웠다.

"바율, 얘기 좀 해 줘. 우리 이제 친구잖아. 어?"

황궁에서 또 새로운 친구를 얻었다.

이 지체 높으신 친구님에게 어디서부터 어디까지 얘기를
해 줘야 할까?

바율 나름의 고민에 휩싸이는 순간이었다. 그걸 아는지
모르는지 황태자는 연신 질문을 쏟아 내고 있었다.

Chapter 8.
늘어난 식구

1.

토요일 정오.

사절단을 태운 기차가 캐링스턴 역에 무사히 도착했다. 주말이다 보니 평소보다도 많은 사람들로 역사 안이 시끌시끌 요란했다.

"교수님, 저희도 아카데미로 가야 하나요?"

기차에서 내내 궁금했던 사항이다. 이 일로 에이단과 일라이는 내기까지 했다. 아직 수업은 끝나지 않았을 시각이지만, 돌아가는 시간까지 더하면 수업을 듣기엔 애매한 시각이 되는 게 사실이었다.

"가기 싫으면서 뭘 물어?"

"가서 남은 수업 마저 들으라고 하면 듣긴 할 거고?"

로티어스 교수와 블레이크 교수가 실눈을 뜨며 놀리듯 묻자 일라이가 씩 웃으며 간청했다.

"넓은 아량으로 보내만 주신다면, 이 제자 감사한 마음으로 성심성의껏 알바에 임하겠습니다."

"그러고 보니 주말에 식당에서 아르바이트 한다고 했었지?"

"넵! 오시면 제가 서비스 팍팍 내어 드릴 수 있습니다!"

그러니 제발 보내 주십시오.

일라이가 보석 같은 눈을 깜박거리며 애교를 시전했다.

"교수님, 학생의 본분은 공부입니다. 그걸 잊으시면 안 되죠!"

에이단도 당연히 바로 집으로 가고 싶었다. 하지만 교수님이 허락하지 않을 거라는 데에 이미 1쿠나를 걸었다. 그 돈이면 주말에 집까지 오가는 왕복 차비가 되는 거금이었다. 절대 이대로 날릴 수 없다.

"에이단, 집에 무슨 일 있어?"

"아니요, 없는데요."

"근데 왜 가기 싫은 눈치지? 그럼 너만 수업받으러 갈래?"

"아싸!"

212 정령의 펜던트

로티어스 교수의 결정에 에이단은 울상을 지었고 일라이는 환호했다. 다들 조용히 입을 다물고 있지만, 좋아하는 기색이 역력했다. 한 명만 빼고는.

갈 때는 아홉이었지만 돌아오는 길은 열이었다. 평소대로라면 특등실을 이용하고도 남았을 자레드 녀석이 사절단에 합류한 것이다.

녀석은 평소와 달리 이상한 점투성이였다. 늘 달고 다니던 똘마니들이 없어선지 시비도 걸지 않았고, 바율 일행에게는 관심조차 없다는 듯 구석에 앉아 창밖만 바라보았다. 약간 얼이 나간 것 같기도 했다.

녀석이 대련 직후 헥터 공작에게 먼지 나도록 두들겨 맞고 쫓겨났으리라고는 조금도 예상하지 못한 바율은 그저 어디가 아픈 건가 생각했을 뿐이었다.

"자, 그럼 이만 해산!"

로티어스 교수의 명령이 떨어졌다. 지난 며칠간 수고했다는 인사를 끝으로 사절단이 흩어졌다.

"라이, 내가 도와줄게."

"그래 주면 나야 고맙지!"

일라이가 반색하며 짐 하나를 바율에게 건넸다.

"에이단, 로건, 퀸! 친구의 어려움을 모른 척하지 않을 거지?"

라나사와 루빈스키는 이미 저만치 멀어진 상태였다. 자레드 역시 호위 기사와 함께 이내 사라졌고(부탁할 생각도 없었지만), 남은 건 달랑 여섯 명뿐이었다.

"엘레인, 슈스케. 너희들도 부탁한다!"

정신을 차리고 보니 다들 한 보따리씩 짐이 늘어났다. 갈 때와 크게 변한 것 없이 돌아온 친구들과 달리 일라이의 짐은 거의 열 배 가까이 불어나 있었다. 이유인즉슨 일라이와의 헤어짐을 아쉬워하며 여인들이 선물 공세를 한 탓이었다.

환상적인 매너로 여인들의 춤 신청을 마다하지 않은 일라이는 그와 같은 맥락으로 선물 역시 거절하지 않았다. 덕분에 화물 값까지 따로 치러야 했지만, 기쁜 마음으로 기꺼이 지불했다.

귀족 여인들의 선물이니만큼 대부분이 값비싼 물품들이었고, 그것을 팔면 생활에 큰 보탬이 될 거라는 게 일라이의 주장이었다.

"마차에 오를 때까지만이야."

"네, 네. 여부가 있겠습니까!"

불퉁거리는 에이단에게 일라이가 과하게 허리를 숙이며 감사를 전했다.

"근데 라이, 너 이거 다 뜯어 봤어?"

"아니, 이걸 언제 다 보냐? 기숙사에 가서 확인해야지."

슈스케의 물음에 일라이가 어림없다는 듯 고개를 저었다.

"그래, 양이 많긴 많아. 파티장에 왔던 모든 여자에게서 받았다고 해도 믿을 정도야."

"어허, 거기서 한 명은 빼야지."

"한 명? 누구?"

"카트린느 영애님 입술 깨무는 거 못 봤냐?"

"아, 그랬었나?"

보지는 못했어도 짐작은 간다. 일라이가 등장하기 전까지 황실 사교계를 평정했던 그녀가 아닌가. 그 미모로 황제의 마음도 사로잡고 곧 결혼까지 앞둔 시점에 일라이라는 최대의 복병을 만났으니, 운이 좋다고 해야 할지 없다고 해야 할지 헷갈리는 상황이다.

"미모로 밀린 것도 억울할 텐데, 상대가 여자가 아닌 남자야. 너 같으면 기분 어떻겠냐?"

"아마도 매우 몹시 별로겠지?"

"라이에게 이를 갈고 있을 거란 데 한 표 던진다."

"보복이라도 할 거란 뜻이야?"

"이제 곧 후궁 된다며. 라이, 너 조심해라. 눈빛이 꼭 자객이라도 보낼 것 같았으니까."

에이단의 과장 섞인 농담에 다들 웃음이 터졌다. 웃지 못하는 건 당사자인 일라이뿐이었다.

"아주 악담을 해라. 너 내기에서 진 것 때문에 골나서 이러는 거지?"

"아니거든! 설마 내가 그깟 1쿠나 때문에 친구에게 악담을 퍼붓겠냐?"

"그깟 1쿠나? 오, 그렇단 말이지?"

일라이가 턱을 만지며 덧붙였다.

"사실 내가 선물 받은 것도 많고 해서 그 1쿠나 안 받으려고 했는데, 그깟 돈이라고 하니 받아야겠다. 모름지기 계산이란 건 철저하게 하는 게……."

"친구야, 그거 무겁지 않니? 내가 이래 봬도 힘이 꽤 좋거든? 줘, 내가 다 들 테니까!"

"갑자기 웬 착한 척?"

"네 고운 손이 망가질까 봐 그러지. 오늘 알바도 해야 하잖아. 그럼 좀 쉬어야 하지 않겠어? 암, 암!"

에이단이 일라이에게서 남은 짐을 뺏어 갔다.

"어이쿠, 이렇게 무거운 걸 혼자 들고 있었어? 이런 건 힘센 나한테 맡겼어야지! 앞으로도 도움 필요하면 말해라. 내가 싸게 싸게 해 줄 테니깐."

등에는 본인 짐을 메고 양손에는 일라이의 선물 꾸러미

를 들었다. 짐의 크기가 상당하다 보니 마치 녀석이 짐 속에 파묻힌 느낌이었다.

"마차 줄 길어지기 전에 얼른 가자!"

힘이 세다는 녀석의 말은 사실이었다. 도서관 알바를 오래 해서 그런지, 무거운 짐을 번쩍 들고 요리조리 인파를 피해 가는 모습이 제법 재빨랐다.

"바율, 그거 이리 줘."

"아냐, 라이. 내가 들게."

"에이단 녀석 때문에 나 빈손 됐잖아. 무거울 텐데 줘."

"아니, 그래도……."

괜찮다며 저항하는 바율에게서 일라이가 빼앗듯 짐을 가져갔다.

"오늘은 내가 짐이 많아서 같이 마차도 못 타겠다. 주말 잘 보내고 월요일에 보자."

"벌써 인사하는 거야?"

"이언 경이 아까부터 따라오고 계시잖아. 얼른 가 보기나 하셔."

이언뿐이 아니었다. 어느새 퀸의 수하들도 여럿 눈에 띈다. 그들 전부 황도를 오가는 내내 적정 거리를 유지하며 호위를 해 왔다. 이언이나 퀸의 수하들이나 제 할 일을 했을 뿐이지만, 꽤 피로가 컸으리라.

"알았어. 난 그만 가 볼게."

아쉽지만 친구들과는 여기서 작별하는 게 맞았다. 주말 잘 보내라는 인사를 끝으로 바율은 이언과 함께 리타가 기다리고 있을 저택으로 향했다.

2.

"도련님! 도련님!"

저택의 앞마당에 마차가 섬과 동시에 여지없이 현관문이 열리며 리타가 뛰쳐나왔다. 그녀의 얼굴에는 호기심이 잔뜩 묻어나 있었다.

황궁은 어떠하였는지, 황도는 어떻게 생겨 먹었는지, 영주님께선 무탈하게 잘 계시는지, 알고 싶은 것들이 산더미인데 급한 마음에 뭐부터 물어야 할지 혼란의 도가니였다.

"이것부터 받아."

바율이 내민 건 사각형의 종이봉투였다.

"이게 뭐예요, 도련님?"

"직접 열어 봐."

바율의 다정한 말투에 안경 너머 리타의 눈동자가 기대감으로 반짝였다. 선물임을 직감한 것이다.

'가방? 모자? 구두? 뭘까? 아, 궁금해!'

여자의 선물이라 함은 으레 위의 것들을 떠올리기 마련
이었다.

"······에?"

하지만 봉투 안에서 나온 건 리타가 생각한 것과는 전혀
달랐다.

"도련님, 이거······ 빵이에요?"

"응!"

그냥 빵이 아니었다. 무려 200년이 넘는 전통을 자랑하
는, 황도에서 제일가는 빵집에서 만들어진 것이었다. 하루
에 딱 정해진 양만큼만 만드는 곳이어서 졸린 걸 참아 가며
새벽같이 일어나 공수해 왔다.

"일정이 짧아서 황도를 구경할 틈도 없었어. 대신 가장
유명하다는 빵집에서 빵을 사 왔지. 리타가 좋아하는 크림
빵이야."

"헉! 크림빵이요?"

애써 황당함을 감추고 있던 리타가 크림빵이란 말에 빽
소리를 질렀다.

"이거 없어서 못 파는 거래. 갓 나왔을 때가 제일 맛있긴
한데, 식어도 괜찮다고 해서 사 왔지. 리타랑 같이 먹으려
고 나도 아직 맛을 못 봤어."

"으앙, 도련님!"

리타가 눈물을 글썽이며 바율을 덥석 끌어안았다. 감동이었다. 그 먼 곳까지 가서 바쁜 일정에도 불구하고 자신이 제일 좋아하는 크림빵을 사다 주셨다.

대체 세상천지에 이런 주인이 어디 또 있단 말인가!

"저 진짜 감동 먹었어요! 으헝!"

안경 뒤로 손가락을 넣어 눈물을 닦아 내며 리타가 약속했다.

"오늘 저녁 메뉴는 도련님이 좋아하시는 것으로만 푸짐하게 차릴게요! 편식하신다고 잔소리도 안 할 거고요, 책 읽어 달라고 조르지도 않을게요! 힝, 정말 감사해요!"

"잔소리 안 한다는 거 정말이지?"

"그럼요! 전 한 번 한 말은 꼭 지킨다고요!"

"그래, 고마워."

고작 빵 한 봉지를 사 왔을 뿐인데 과분한 대접을 받는 것 같아 양심이 좀 찔렸지만, 잔소리를 피할 수 있게 된 건 행운이었다.

"그리고 책은 계속 읽어 줄게. 지난 주말에 읽다 만 것도 있잖아."

"그렇지만 제가 도련님 시간을 너무 뺏는 것 같아서요. 피곤하실 것 아니에요……."

"어릴 때부터 쭉 해 오던 건데 새삼스럽게 무슨 소리야. 나도 리타에게 책 읽어 주는 시간이 얼마나 좋은데. 괜찮으니까 그런 걱정이라면 하지 마."

"…정말요?"

"그렇다니까. 이따가 저녁 먹기 전에…… 응?"

바율은 말하다 말고 멈칫했다. 열린 현관문 너머로 못 보던 사람들이 있었기 때문이다.

"누구……?"

혹시나 하고 이언을 쳐다봤지만, 그 역시 바율과 비슷한 표정이었다.

"아! 저 사람들이 누구냐면요……."

리타가 뒤늦게 설명하려는 그때였다.

"킁킁! 이게 무슨 냄새지?"

그들 앞으로 데스가 부지불식간에 나타났다. 긴 앞머리에 가려진 그의 까만 눈동자가 빵 봉투를 무섭게 노려보았다. 위기를 느낀 리타가 본능적으로 봉투를 가슴에 안으며 뒤로 한 발짝 물러났다.

"형님!"

사내들이 우르르 달려 나왔다.

"…형님?"

바율이 고개를 갸웃하자 리타가 귀에 대고 속삭였다.

"데스 씨 동생들이에요. 하인 공고를 냈더니 자기 동생들을 데려온 거 있죠. 저 어떡해요, 도련님?"

리타가 죽상을 지었다. 어째 데스를 처음 하인으로 받던 날의 반응과 비슷했다. 데스의 동생이라는 두 사내는 그들의 형만큼이나 분위기가 독특했다. 하나같이 새까만 머리에 피부가 도자기처럼 하얗다.

리타의 표현을 빌리자면, 하인 인상은 절대 아니었다. 솔직히 그냥 봐서는 동생이 아니라 형이라고 해야 할 외모였다.

다 떠나서 가장 큰 문제는 그들이 외팔이에 장님이란 사실이었다.

3.

"그러니까 두 분이 각각 요리사와 정원사를 지망한다는 말씀인 거죠?"

바율의 되물음에 바르와 아몬이 약속이라도 한 듯 맹렬하게 고개를 끄덕였다. 반드시 꼭 하인이 되어야만 한다는 의지가 엿보였다.

바르와 아몬.

그중 바르는 데스의 둘째 동생이었다. 몸집이 전체적으로 우락부락한 그는 키가 족히 2미터는 될 것 같았다. 비어 있는 왼팔이 허전했지만, 체구 탓인지 힘들어 보인다거나 약한 느낌은 전혀 없었다.

그는 데스와 아몬이 장발인 것과 달리 투블럭의 짧은 머리 스타일이었다. 형인 데스가 맛있다고 칭찬할 만한 요리를 만드는 것이 장래 꿈이라고 했다.

셋째 동생인 아몬은 앞을 못 보는 맹인인데, 특이하게도 안경을 쓰고 있었다. 마치 그의 꾹 감긴 눈을 보호라도 하듯, 은색의 네모난 테를 가진 안경이 얼굴을 덮고 있었다.

아몬 역시 작은 키는 아니었다. 다만 바르와 달리 몸매가 매우 늘씬했고, 긴 머리칼은 활동의 편의성을 위해 한 가닥으로 땋아 내렸다. 그는 누구나 보면 감탄할 만한 정원을 짓는 게 꿈이라고 했다.

"왜 여기서 본인들 꿈 타령이래요? 진짜 웃기지 않아요?"

그들의 자기소개에 리타가 어이없다는 듯 바율의 귀에 대고 이죽거렸다. 소리가 제법 컸지만, 지금은 그걸 지적할 겨를이 없었다.

요리사를 지망하는 한쪽은 팔 하나가 없고, 정원사를 소망하는 쪽은 눈이 안 보인다. 바율은 어디에서도 이런 조합은 들어 본 적이 없었다.

"저기…… 요리도 그렇고 정원 일도 그렇고, 절대 쉬운 일들이 아닙니다. 저도 해 본 적은 없지만, 요리라는 게 뜨거운 불 앞에서 하는 것이기 때문에 위험할 수도 있고요. 정원은 아시다시피 지금 한창 뜨거운 여름이 오고 있잖아요? 일사병에 걸릴 수도 있고…… 또, 도구가 날카로워서 쉽게 다칠 수도 있어요. 죄송한 말씀이지만, 두 분이 하시기엔 너무 버거운 업무가 아닌가 싶습니다."

돌리고 돌려서 완곡하게 거절했다. 대번에 바르와 아몬의 얼굴에 실망의 빛이 떠올랐다. 미안하지만 바율로서도 어쩔 도리가 없다.

"그런 거라면 걱정할 것 없는데. 음식이 맛이 없어서 그렇지, 불 따위에 겁먹는 녀석은 아니거든. 아몬도 취향이 독특해서 그렇지, 다쳐 본 적 없는 놈이야."

"거짓말 좀 치지 마세요! 사람이 어떻게 한쪽 팔로 요리를 해요? 주방이 그렇게 만만하고 호락호락한 곳인 줄 알아요? 매끼 족히 십 인분을 차려야 하는데, 그게 어떻게 가능하겠어요!"

천천히 혼자 해 먹는 거야 그렇게 어렵지 않을 수도 있다. 하지만 리타가 원하는 건 주방을 온전하게 맡길 수 있는 숙련된 요리사였다.

"그리고 정원사는 정원을 예쁘게 돌보고 가꾸는 일을 하는 거잖아요. 보이지도 않는데 어떻게 꽃을 심고 나무를 깎아요? 무슨 꽃인지, 무슨 나무인지, 아니, 발을 딛고 있는 곳이 어딘 줄도 모를 텐데요. 안 그래요, 도련님?"

잔인하다 싶을 정도로 내뱉는 말마다 족족 맞는 말이었다. 바율이 차마 하지 못했던 말을 리타가 대신했다.

무슨 사정으로 팔과 시력을 잃었는지는 모르겠다만, 아무리 생각하고 또 생각해도 그런 둘에게 주방과 정원을 맡기는 건 맞지 않았다.

"그럼 한번 눈으로 직접 보든가."

"…뭐라고요?"

"내 말을 믿지 못하는 것 같으니까. 바르, 아몬."

"넵, 사령…… 형님!"

데스가 호명하자 바르와 아몬이 벌떡 일어섰다.

"우선 주방부터 가 볼까?"

마치 제집이라도 된 양 데스가 주방으로 앞장서 걸어갔다.

"진짜 요리를 할 수 있을까요?"

"글쎄…… 일단 가 보면 알게 되겠지."

어차피 거절해야 할 상대였다. 직접 하는 모습을 보고 결정하면 받아들이기 쉬울 것이다.

"음식은 아무거나. 제일 자신 있는 걸로 해 봐요."

요리가 주업은 아니지만 리타는 해밀턴에서도 알아주는 실력자였다. 그녀가 어디 해 볼 테면 해 보라는 듯 재료가 있는 곳을 가리켰다.

바르의 까만 눈동자가 오갈 데 없는 이처럼 불안한 듯 흔들렸다. 취직을 해야 해서 오긴 왔는데, 막상 오고 나니 무슨 요리를 해야 할지 난감했다.

"갑자기 감자 수프가 먹고 싶네."

그쯤은 눈 감고도 할 수 있겠지? 제대로 못 하면 남은 팔 한 짝도 잘라 버린다?

데스의 서슬 퍼런 눈빛이 그리 말하는 듯했다. 여기서 무사통과하지 못하면 무시무시한 앞날이 그를 기다리고 있다.

'아, 안 돼!'

바르의 손이 후다닥 움직였다. 제일 먼저 감자 껍질을 벗겨 물에 씻고는 잘게 썰었다. 그런 다음 냄비에 썬 감자를 넣고 물을 부어 끓이면서 우유를 꺼내 왔다. 감자가 익어 갈 즈음엔 우유를 넣으며 감자를 곱게 빻았다. 마지막엔 버터를 넣고 소금을 뿌리는 것도 잊지 않았다.

"헐! 하, 한 손으로 하는데 되게 빠르네요?"

리타가 못 볼 거라도 본 사람처럼 눈을 비비고 또 비볐다. 바율 역시 믿기지가 않아 입을 벌린 채 눈만 끔벅였다.

기이한 광경이었다. 요리라고는 해 본 적도 없을 것 같은 사람인데 주방에서 움직이는 모습이 굉장히 자연스럽다. 제일 신기한 건 한 손으로 감자를 깎는 것이었다.

저러다 다치면 어떡하나, 걱정했던 게 허무할 정도로 칼을 다루는 솜씨가 뛰어나다.

빠르고 정확한 칼놀림.

신속한 불 피우기.

어디 하나 흠잡을 데가 없었다. 수프 맛만 빼면.

"근데 이거 맛이 왜 이래요? 내가 분명 다 보고 있었는데 대체 뭐가 들어간 거지? 나 몰래 뭐 넣었어요?"

그렇다. 재료 손질부터 요리 과정, 아궁이에 불 지피는 것까지 다 잘했는데 음식 맛이 영 꽝이었다.

이건 마치 뭐랄까. 도저히 목구멍으로 삼킬 수 없는 맛이랄까?

"아까 데스 씨가 그랬죠? 음식이 맛이 없어서 그렇지, 요리하는 데 지장은 없다고."

끄덕.

"어쩜, 세상에! 어떻게 딱 그 말 그대로야! 요리사가 음식이 맛이 없으면 어떡해요! 손질만 잘하면 뭐하냐고요. 맛이 있어야지, 맛이! 저는 이런 음식 절대 못 먹어요!"

"가르쳐 주면 되잖아."

"뭐라고요?"

오늘만 대체 몇 번째 하는 말인지 모르겠다. 기가 막혀 인상을 쓰고 있는 리타에게 데스가 당당히 요구했다.

"내 동생 요리 좀 가르쳐 줘. 입에 넣을 수 있을 정도로만 만들어 주면 내가 진짜 청소 열심히 할게."

"…지금 나보고 뭘 하라고요?"

"네가 한 음식을 먹고 나니까 이 새끼, 아니, 동생 음식은 먹을 수가 없겠더라고. 이건 네 책임이기도 해."

뻔뻔하다는 말은 이럴 때 쓰라고 만든 말인 게 틀림없었다. 하인 주제에 주인집 음식을 탐하는 것도 모자라 거덜까지 내더니, 이젠 하다 하다 요리 비법까지 알려 달란다.

도련님, 이 사람 지금 미친 거 아니에요?

리타가 어떻게 좀 해 보라는 눈빛으로 바율을 쳐다보는데 데스가 씩 웃으며 덧붙였다.

"그럼 이제 정원에 나갈 차례인가?"

데스의 추진력에 휩쓸려 다들 정원으로 향하는 그의 뒤를 쪼르르 뒤따라갔다.

여름이 임박하면서 훌쩍 자란 풀들 때문에 정원은 상태가 그야말로 엉망이었다. 이언이 주중에 간간이 손을 보긴 했지만, 전문 정원사도 아닌 데다 황도 일로 자리를 비운 탓에 해결이 시급했다.

"쉬지 않고 왜 나오셨습니까?"

간만의 여유를 만끽하며 조용히 일광욕을 하고 있던 이 언이 이상한 기운을 감지하고 그들에게로 다가왔다.

"이분이 현장 실습을 해 보시겠다고 하셔서요."

"현장 실습?"

"네, 누구나 감탄할 만한 정원을 만드시는 게 꿈이래요."

리타가 아몬을 가리키며 들으라는 듯 얘기했다. 한 손으로 요리를 해낸 누구 덕분에 살짝 긴장하긴 했지만, 그래도 이번엔 절대 할 수 없을 거라고 생각했다.

앞도 보지 못하는 장님이 어떻게 정원을 다듬는단 말인가. 사실일 리가 없었다.

"일단 주인에게 허락부터 구해야 할 것 같군요."

아몬이 감은 눈으로 정확히 바율을 향해 돌아섰다.

"제 마음대로 해도 되겠습니까?"

"…네, 뭐. 좋으실 대로 하세요."

바율이 승낙하자 아몬이 자신 있게 가위를 들고 나무 앞으로 가 섰다.

"저기 나무가 있는 건 어떻게 알았대?"

리타의 꿍얼거림에도 그는 흔들리지 않았다. 준비 운동이라도 하듯 그가 작게 심호흡을 하고는 이내 엄청난 속도로 가지치기를 시작했다.

"……!"

이언의 눈매가 모아졌다. 앞을 보지 못하는 맹인이 범인보다도 움직임이 빠르다. 가위를 쓰는 자세도, 이리저리 오가는 걸음걸이에도 전혀 거리낌이 없다.

그런 모습들은 필시 무예를 익혔다는 증거였다. 그것도 상당한 실력자다.

이언이 뒤로 물러나며 데스와 그의 형제들을 유심히 살폈다. 허여멀건 피부에 유난히 까만 머리와 옷차림을 한 삼형제. 그중 맏형이라는 데스를 처음 봤을 땐 좀 특이하긴 했지만 큰 관심을 두지 않았다. 예의가 부족한 건 그저 배우지 못해서겠거니 하고 넘겼다.

한데 의도된 접근이었나?

바율은 란데르트 공작의 하나뿐인 아들이었다. 알아 두면 좋은 일이 생기면 생겼지, 나쁠 게 없다.

'그런데 아무것도 느껴지지가 않는다.'

마나를 동원해 감각을 넓혔다. 하지만 데스를 포함한 그의 형제들에게선 아무것도 느낄 수가 없었다. 마나는커녕 타고난 기운도 평범함의 범주 안이었다.

이럴 경우 이유는 두 가지로 나뉜다.

진짜로 보통의 사람이거나, 이언이 명함도 내밀지 못할 정도의 엄청난 고수이거나. 후자의 경우는 란데르트 공작을 제외하고 이제껏 단 한 번도 보지 못했다.

'단순히 감각이 예민한 사람인 건가?'

맹인이니 그럴 확률이 아예 없는 것은 아니었다.

"말도 안 돼! 바로 앞도 못 보는 사람이 어떻게 저렇게 움직여요?"

때마침 가지치기가 끝났다. 리타가 믿을 수 없다며 비명을 질렀다.

"데스 씨 동생, 장님 아니죠? 안경을 쓰고 있는 것부터가 수상했어요! 어차피 보지도 못하는데 안경을 쓸 이유가 없잖아요!"

"쉿! 아몬은 시각을 제외한 모든 감각이 남들보다 무척 예민하다고. 그렇게 소리 지르면 귀 아파."

"…귀, 귀가 아파요?"

"안경은 맹인인 걸 감추고 싶어서 일부러 쓰는 거라고 했어. 모르는 사람은 그냥 잠시 눈을 감고 있다고 착각할 수도 있으니까."

"아, 네…… 뭐, 그건 그럴 수도 있겠네요."

흥분해서 소리치긴 했는데, 장님이니 어쩌니 수상하다고 한 건 조금 미안했다.

"정원사는 아몬의 오랜 꿈이야. 풀과 나무를 손질하다 보면 자기 자신이 조금은 나은 인간이 된 것 같다고 말하곤

했지. 저기 떨고 있는 거 보여? 엄청 오랜만이라서 기뻐하
는 거야."

"데스 씨 집에는 정원이 없나요? 왜 오랜만이래요?"

"금지당했어."

"금지요?"

무심코 튀어나온 말에 바르가 제 손으로 입을 틀어막았
다. 리타가 더 설명해 보라며 채근했지만, 뒤통수에서 느껴
지는 데스의 살벌한 시선에 삐질 땀만 흘릴 뿐이었다.

"근데 말입니다."

그때 바율이 어렵게 질문했다.

"저게 무슨 형상인가요? 아무리 봐도 모르겠어서요."

리타는 그제야 아몬이 아니라 그가 손질한 나무를 바라
봤다. 그런 그녀의 이마에 곧바로 주름이 몇 가닥 그어졌
다.

"뭐야, 저게?"

보통 정원수라 함은 보기 좋은 모양을 띠기 마련이다. 한
데 이건 도무지 무슨 목적을 갖고 꾸민 건지 그 의도를 알
아먹기가 힘들다. 솔직히 고백하자면 손질을 한 건지, 망가
뜨린 건지 구분하기가 어려웠다. 그 와중에 아몬은 보이기
라도 하는 것처럼 본인 작품에 감탄한 듯 홀린 표정이었다.

"도련님, 아니죠?"

"뭐가 아니야?"

리타가 데스 형제의 눈치를 살피며 다시 속삭였다.

"하인으로 받아 주실 거냐고요. 이번에는 절대 그러시면 안 돼요! 수습 기간이다 뭐다, 기회 자체를 아예 주지 마세요!"

"…데스가 의외로 청소 잘한다고 하지 않았어?"

"그, 그건 맞지만……!"

뺀질거리기로는 따라갈 자가 없을 정도로 얼굴 보기 힘든 존재가 바로 데스였다. 그런데 불가사의한 건 그러면서도 제 할 일은 똑 부러지게 해 놓는다는 것이었다. 먼지 한 톨 없는 창틀을 볼 때마다 리타는 감격하고는 했다. 그래서 여태 자르지도 못한 채 떠안고 있었다.

"둘에게도 기회를 주는 게 공평할 것 같은데."

"아니, 그래도 그렇죠. 요리 못하는 요리사에 이상한 취향의 정원사라니…… 이건 아닌 것 같아요."

"요리는 가르쳐 주라니까?"

데스가 또다시 강력히 요구했다.

"나 진짜 열심히 배울게!"

기다렸다는 듯 바르가 끼어들며 각오를 다졌다.

"아니, 근데 왜 아까부터 말이 반 토막이래요? 저 언제 본 적 있어요? 그게 배우겠다는 사람의 태도냐고요!"

"난 그냥 형님 따라 한 건데?"

당당히 변명하는 바르를 리타가 눈을 흘기며 노려보자
아몬이 자랑스럽게 말했다.

"전 아까부터 쭉 존댓했습니다."

"그래서 뭐 칭찬이라도 해 달라는 거예요?"

"리타."

"…그래요, 뭐. 마음에 드는 점이 하나는 있네요. 그쪽만
말이에요."

바율의 엄한 눈길에 리타가 마지못해 인정할 때였다.

"앞으로 나도 존대할게!"

바르가 대뜸 차렷 자세로 소리쳤다. 그런 그의 몸은 발발
떨리고 있었다.

"응? 갑자기 왜 떨어요? 추워요?"

"아, 아니! 아니요, 아닙니다!"

그것이 바르를 압박하는 살기 때문임을 꿈에도 짐작 못
한 채 리타가 다시 한번 거절의 뜻을 내비쳤다.

"아무튼, 이건 진짜 아니에요. 요리는 가르친다 쳐요. 저
나무는 어쩔 건데요? 계속 나무에 저런 짓거리를 하는 건
매우 몹시 곤란하거든요?"

"취향을 바꾸도록 하겠습니다."

"…그게 하루아침에 될까요?"

"노력하면 안 될 게 없다고 저희 형님께서 그러셨습니다."

말이나 못 하면.

리타가 입술을 삐죽이는데, 데스가 기특하다는 듯 아몬의 머리를 쓰다듬었다. 이상한 건 분명 형제간의 우애가 보기 좋다고 여겨져야 할 상황이거늘, 어째선지 싸한 한기가 바율과 리타를 덮쳤다.

"그럼 오늘부터 바로 일 시작할까?"

결국 이렇게 되는 것인가.

기운 내라며 바율이 리타의 등을 토닥였지만, 그녀의 얼굴에 미소가 돌아오기까지는 꽤 긴 시간이 필요할 것 같았다.

'해밀턴이 그리워.'

새로운 두 남자를 교육할 걸 생각하니 벌써부터 머리가 지끈거려 오는 리타였다.

Chapter 9.
새로운 훈련장

1.

전쟁 통 같던 주말이 지났다. 바율은 이보다 더 적합한 말은 생각나지 않았다. 잠잘 때를 제외하고, 눈을 뜨고 있는 모든 시간에 바르와 아몬을 향한 리타의 잔소리를 듣고 있어야 했기 때문이다.

고작 하인 두 명이 늘어났을 뿐이거늘 리타는 평소보다 세 배 이상 많은 양의 요리를 해야만 했다. 형제임을 입증하기라도 하려는 듯, 바르와 아몬의 먹성 역시 데스에게 전혀 뒤처지지 않았기 때문이다.

황궁에서 돌아온 바율을 먹이겠다고 리타가 장을 실컷 봐 놓았길 망정이지, 하마터면 재료가 떨어져 쫄쫄 굶을 뻔했다.

"이렇게 맛있는 음식은 처음 먹는다!"

"형님께서 지랄, 아니, 화를 내신 이유를 알겠군요. 저도 이제 앞으로 바르 형님 요리는 못 먹을 것 같습니다."

리타의 음식을 처음 맛본 바르와 아몬은 주말 내내 폭풍 칭찬을 쏟아 냈다. 그래서인지 리타가 그 어떤 막말을 내뱉어도 인상 한번 찌푸리지 않고 '미안하다', '열심히 하겠다'만 복창했다.

그런 둘의 맹목적인 충성(?)에 리타가 더 막 나가는 것 같기도 했지만, 그럼에도 그만두라거나 하는 모진 말은 하지 않았다. 그들의 칭찬이 그리 싫지만은 않은 모양이었다.

본의 아니게 식비가 확 늘게 생겼지만, 조용했던 저택에 활기가 도는 것 같아 바율은 괜스레 흐뭇했다. 점점 이곳이 편해지고 있었다.

"바율! 라이! 왜 이제야 와!"

바율과 일라이는 기숙사에 들러 짐을 풀어놓고 사물함을 찾았다. 슈빅이 그런 둘을 보자마자 언성을 높이며 달려왔다.

"근데 왜 너희 둘뿐이야? 다른 애들은?"

"에이단은 알바 갔겠지. 월요일 아침마다 책 수거하는 게 녀석의 일이잖아."

"아 참, 그랬지."

"퀸과 로건도 곧 도착할 것 같고. 아침부터 무슨 일인데 그래?"

"그걸 지금 몰라서 묻냐?"

슈빅이 이보다 더 황당한 얘기는 들어 본 적 없다는 얼굴로 바율을 바라봤다.

"당연히 사절단 얘기가 궁금해서 그렇지! 내가 그거 때문에 며칠간 잠도 못 자고 얼마나 힘들었는지 알아?"

"뭐가 그렇게 궁금하신데?"

일라이가 사물함의 문을 닫으며 비딱하게 섰다. 언제고 치러야 할 일이라면 빨리 끝내는 것이 정신 건강상 이로웠다.

"자레드 녀석 다쳤다면서? 나무 채찍에 등짝을 두들겨 맞고, 중요 부위에 화상까지 입었다고 하던데, 괜찮냐? 바율, 네가 봤다면서!"

"…그걸 네가 어떻게 알았어?"

"어떻게 알긴, 당근 이거 덕분이지!"

슈빅이 자랑스럽게 품에서 쪽지를 꺼냈다.

"전에 말했던 그 조력자?"

"어! 황궁에서의 일을 어떻게 알았는지, 나한테 이렇게 짠 알려 줬다니까! 대단하지 않냐?"

애 바보냐?

일라이가 슈빅 모르게 입 모양으로 삐금거렸다. 황궁에서 있었던 사건을 그리 잘 안다는 건 조력자가 사절단 중 누군가라는 소리인데, 거기까지는 일절 생각하지 못하는 눈치다.

그저 조력자의 도움에 감격한 것 같다고 할까?

어떻게 보면 사절단의 얘기가 너무 궁금한 나머지 당장은 그쪽으로 머리가 돌아가지 않는 것 같기도 했다.

"자레드 녀석, 울지는 않았냐? 꺅꺅 비명만 질렀어?"

"음, 글쎄. 울지는 않았던 것 같아."

"에이, 그 정도로 아프지는 않았던 모양이네."

그게 퍽이나 아쉬운지 슈빅이 입맛을 다셨다.

"황태자 전하께서 신속하게 처리하신 덕분에 잘 해결됐지, 뭐. 돌아올 때도 멀쩡해 보였어. 약간 혼이 나간 것 같기는 했지만."

"혼이 나가? 왜?"

"글쎄. 쪽팔려서 그랬나? 관심 있는 여자 앞에서 그 꼴이 났으니 속이 좀 상했을 수도 있겠네."

"관심 있는 여자라니, 누구? 설마 그레이스 황녀님?"

여자 얘기에 슈빅이 일라이에게 바투 다가섰다.

"나도 바율에게 들은 거야. 자세한 건 이쪽에게 듣는 게 어때?"

"어, 그래야지!"

슈빅이 일말의 미련도 없이 바율에게로 돌아섰다.

"라이, 너……."

바율이 원망의 눈길을 보냈지만 이미 엎어진 물이었다. 슈빅이라면 작금의 먹잇감을 절대 놓지 않을 것이다. 바율은 결국 한숨을 내쉬며 그날에 대해 짧게 얘기했다.

"우와! 가국의 공주도 같이 있었던 거야? 대박! 바율, 너 완전 좋았겠다! 개 부러워!"

그레이스 황녀에 이어 휘월 공주까지 거론되자 슈빅이 자리에서 방방 뛰었다. 아름다운 황녀님과 한자리에서 대화를 나누는 건 소년이라면 누구나 꿈꾸는 일이었다.

"근데 휘월 공주의 미모가 어느 정도길래 자레드 녀석이 뻑 간 거냐? 바율 네가 보기에도 예쁘디?"

"응, 예쁘더라고."

"호오, 그래?"

슈빅이 짐짓 무언가를 생각하는 듯하더니 손가락으로 일라이를 찍었다.

"여기 라이보다도 더?"

그 순간 왜 그랬을까? 바율은 지금이 복수의 기회임을 알아차렸다.

"아니, 그 누구도 라이보다 아름다울 순 없지. 황실 사교계를 평정한 미모인데, 감히 어떻게 비교를 해?"

"황실 사교계?"

예상대로 슈빅이 미끼를 덥석 물었다. 일라이의 표정이 일그러지는 게 느껴진다. 바율은 생글생글 웃으며 덧붙였다.

"라이에게 물어봐. 황실 파티에 참석한 모든 여인들과 춤을 춘 장본인이거든. 굉장했어!"

"바율, 너……!"

일라이가 그만하라며 경고했지만 바율은 끝까지 갔다.

"돌아올 때 선물을 어마어마하게 받았다니까? 너무 많아서 다 뜯어 보지도 못했대!"

"헐, 진짜냐? 뭐 받았는데? 라이, 우리 같이 좀 보자! 엉? 엉?"

슈빅은 궁금한 건 못 참는 성미였다. 녀석이 달려들자 일라이가 당황해서는 소리쳤다.

"야, 바율 너 이러기냐? 어떻게 네가 나한테 이래? 너 원래 이런 캐릭터 아니잖아!"

"…그렇긴 하지."

바율이 순순히 고개를 끄덕이자 일라이가 어처구니없다는 표정을 지었다. 바율이 그 얼굴을 보고는 어색하게 웃으며 말을 이었다.

"나도 모르겠어. 그냥 갑자기 그러고 싶더라고."

"원래 사람은 다 변하는 법이야. 열여섯, 질풍노도의 시기인 거 몰라? 이랬다가 저랬다가 하는 거지."

슈빅의 말에 바율은 격하게 공감했다.

"들었지, 라이? 그러니 너무 억울해하지 마."

"너…… 너 누구야? 바율 맞아? 아닌 것 같은데?"

일라이가 바율의 양어깨를 잡고 흔들었다.

"야, 안에 있는 놈 누구야! 얼른 우리 바율에게서 안 떨어져? 내가 가만히 안 놔둔다! 후딱 꺼져 버려!"

"뭔 일인데 아침부터 또 이렇게 시끄러워?"

그때 마침 퀸이 나타났다. 일라이가 바율을 괴롭힌다고 오해라도 했는지 그의 눈빛이 뾰족했다.

"퀸, 왔어?"

"둘이 왜 그러고 있는 건데?"

"어어, 슈빅한테 황궁에서의 일에 대해 말해 주고 있던 참이야. 내가 라이를 좀 골려 먹었거든."

"…네가? 이 녀석이 그런 게 아니고?"

"와, 날 어떻게 보고! 내가 언제 바율 놀린 적 있냐? 이 녀석한테 나보다 잘해 주는 놈 있으면 나와 보라고 해! 너도 맨날 구박만 했잖아!"

"딱히 구박은 안 했던 것 같은데."

이전 기억을 싹 지우기라도 한 듯, 퀸이 부드럽게 바율을 불렀다.

"바율, 이리 와 봐."

"응?"

"넥타이가 비뚤어졌어."

입학 초에는 넥타이 때문에 종종 애를 먹었지만, 이제는 매는 데 제법 익숙해졌다. 집을 나설 때만도 괜찮았는데 일라이와 장난치다 돌아간 모양이었다.

"자, 됐다."

퀸이 빙그레 웃으며 바율의 넥타이에서 손을 뗐다.

"고마워, 퀸."

"오늘 첫 수업 가국어지?"

"응, 퀸은 경영학 시간인가?"

"맞아. 따분하다 못해 피곤한 수업이지."

필수 과목만 아니라면 진즉에 때려치우고 싶을 만큼 퀸에겐 재미없는 수업이었다.

"강의실에서 부족한 잠이나 마저 자려고. 그러려면 일찍 가서 자리를 잡아야 해."

"안 걸리게 조심해."

"걱정 마. 그럼 2교시에 보자!"

퀸이 손을 흔들며 멀어졌다. 그런 그의 입가에는 시종일관 미소가 어려 있었다.

"쟤…… 퀸 맞냐?"

"아마 그럴걸?"

"근데 왜 저래? 이제 곧 여름인데, 갑자기 웬 봄바람이래? 보는 사람 무섭게!"

못 볼 걸 보기라도 한 사람처럼 슈빅이 부르르 몸까지 떨었다.

"그게 그렇게 됐다."

"되다니, 뭐가?"

"엄, 설명하자면 길고. 간단하게 말하자면 바율이 퀸의 사람이 되었다고나 할까?"

"뭔 소리야. 알아듣게 좀 얘기하지?"

"그러니까 퀸이 목소리를 쫙 깔고는 바율한테 '이제부터 너는 내 사람이다' 그랬다고."

"내 사람?"

"어, 내 사람. 아, 다시 생각해도 소름 돋는다."

"…부하로 삼겠다는 뜻인가?"

"뭐?"

슈빅의 엉뚱하다 못해 황당한 발언에 설명한 일라이도, 함께 있던 바율도 일순 말문이 막혔다.

"보통 대장이 부하들에게 하는 말이잖아. 몰랐는데 퀸, 저 자식 부하들에겐 되게 친절한가 보지? 나 방금 전에 너무 놀라서 닭살 올라왔잖아. 봐 봐."

슈빅이 소매를 걷으며 보라는 듯 팔을 뻗었다. 그런 녀석의 팔뚝엔 진짜로 닭살이 오톨도톨 나 있었다.

"축하한다, 부하 된 거."

일라이가 웃음을 참으며 작게 소곤거렸다.

"우리 헤이즈 경 얘기는 하지 말자. 그랬다가는 1교시 수업에 들어가지 못할지도 몰라."

"화해 신청하는 거야?"

"우리가 언제 싸웠냐?"

아니.

바율이 고개를 가로젓자 일라이가 피식거리며 바율의 어깨에 팔을 걸쳤다.

"갑자기 웬 어깨동무? 설마 벌써 가려고? 하던 얘기는 마저 하고 가야지!"

"좀 전에 퀸 말 못 들었냐? 월요일 첫 수업이 가국어다, 가국어."

"그게 어때서? 너희 둘 다 가국어 잘하잖아."

"그래서 더 문제지. 반스 교수님이 툭 하면 일어나서 읽어 보라고 하시거든."

"수업 전에 먼저 살펴봐야 안심이 되더라고."

"그럼 우린 이만 간다."

슈빅에게 틈을 줘서는 안 되었다. 녀석이 어버버 하는 사이에 사라지는 것이 중요하다. 일라이가 바율에게 두른 팔에 힘을 주고 재빨리 그곳을 벗어났다.

"야, 야! 잠깐만!"

뒤늦게 정신을 차린 슈빅이 고함을 질러 보았지만, 이미 둘은 저만치 멀어진 후였다.

"아씨, 중요한 얘기는 아직 하나도 못 들었는데 가면 어떡해!"

슈빅은 궁금한 것투성이였다. 황태자는 어떤 사람인지, 무도회엔 어떤 귀족들이 참석했는지, 란데르트 공작님은 얼마나 멋지셨는지 등 들어야 할 것들이 산더미다.

"다들 내가 말해 주길 얼마나 기다리고 있다고! 점심시간에 내가 가만두나 봐라. 악착같이 붙어서 다 물어볼 거다!"

오늘도 쓸데없는 사명감에 불타오르는 슈빅이었다.

2.

슈빅에게 붙잡혀서 고생을 좀 하긴 했지만 순조로운 하루였다. 수업 진도도 걱정할 만큼 뒤처진 것은 아니어서 주말쯤 도서관에 모여 함께 공부하기로 했다.

"우리 여기서 계속 수련해야 하는 거냐?"

아카데미에 모든 불이 꺼지고 고요가 내려앉은 시각이었

다. 바율과 친구들은 여지없이 방목장에 나와 그간 못 했던 훈련을 다시 시작했다.

"라이, 이미 결정 끝난 일인데 왜 또 불평이야? 세임 덕분에 이제 신발에 묻어나는 것도 없잖아."

"냄새. 더 독해진 이 냄새는 어쩔 건데? 이젠 머리까지 아플 지경이란 말이다."

"여름이 다가와서 그런가? 냄새가 심해지기는 했어."

"윽, 말하고 나니까 더 나는 것 같다! 우웩!"

일라이가 코를 틀어막은 채 헛구역질을 해 댔다.

"퀸, 손수건 또 없냐?"

퀸은 아예 손수건을 꺼내 코와 입을 막은 상태였다. 그가 고개를 젓자 일라이가 한탄했다.

"이럴 때 바람의 정령이라도 있었으면 얼마나 좋았을까! 그럼 이 냄새 전부 날려 줬겠지?"

"아닐걸!"

한차례 비를 내린 후 쉬고 있던 이노센트가 입술을 삐죽이며 날아왔다.

"얼마나 심술궂은지 알지도 못하면서!"

"이노센트, 그게 무슨 소리야? 바람의 정령을 만났어?"

"엄청 나쁜 정령이야! 완전 별로!"

이노센트의 격한 반응에 흩어져 있던 친구들이 단숨에

모여들었다.

"이노센트 말 들었어? 바람의 정령도 바율 주변에 있나 봐!"

"바율, 뭐 느껴지는 거 없어? 바람의 정령이래!"

"정말로 사대 정령이 전부 나타나려나 본데?"

"바율, 집중해서 느껴 봐."

친구들의 독촉에 바율은 애써 당황함을 숨기며 마음을 가라앉혔다. 셰임을 만난 지 얼마 되지도 않았는데, 벌써부터 바람의 정령이라니 정신이 다 없다.

그간 바람의 정령과 연관 지을 만한 일들이 뭐가 있었을지 곰곰이 생각해 봤지만, 당장 떠오르는 건 없었다.

"왜? 여기 없어?"

눈을 감은 채 얼마의 시간이 지났을까. 기대와 달리 바율은 아무것도 느낄 수가 없었다.

"…모르겠어."

보이는 것도 들리는 것도 없다. 방법은 정령의 기운을 감지하는 것뿐인데, 사실 바율은 아직 그것에 익숙하지 않았다.

"이노센트와 셰임 때도 그랬어. 먼저 모습을 보여 주거나 말을 걸어 주는 게 아니면 내가 알기는 힘들어."

"전처럼 이노센트에게 부탁해 보는 건 어떨까? 말이라도 걸어 달라고 할 수 있잖아."

"싫어! 안 해! 절대 안 해!"

이노센트가 빽 소리를 지르며 도망치듯 날아갔다.

"이노센트, 그러지 말고 한 번만 해 주라. 나 바람의 정령 진짜 만나 보고 싶단 말이야!"

"꼬맹이! 넌 정령이라서 이 냄새가 안 나지? 이게 얼마나 고통스러운 줄 아냐? 땡깡 피우지 말고 얼른 이리 와!"

"싫다! 메롱!"

"이노센트, 내가 부탁해도 안 되겠어?"

"미안, 퀸."

일라이와 퀸을 대하는 이노센트의 태도는 무척이나 상반되었다.

평소 교우 관계가 좋은 편인 일라이인데, 첫 단추를 잘못 끼운 탓인지 이노센트와는 영 가까워지지가 않는다. 반면 물이라는 공통분모를 가진 퀸과는 날이 갈수록 사이가 돈독해지고 있었다.

"진짜 싫은가 본데?"

"잉그리드한테 물어보라고 시켜 보자."

"뭐?"

일라이의 엉뚱한 발상에 에이단이 오만상을 찌푸렸다.

"잉그리드랑 친하니까 혹시 알아?"

"퀸이 부탁해도 싫다는 애가 잉그리드가 말한다고 듣겠

냐? 아니, 애초에 바율이 해 달라는 데도 안 하잖아. 그런 애를 무슨 수로 꼬셔?"

"그럼 방법은 하나네."

조용하던 로건의 음성이 묵직하게 울려 퍼졌다.

"정령이 이노센트만 있는 건 아니잖아."

"…셰임한테 부탁하자는 소리야?"

"그 부끄럼쟁이가 잘도 해 주겠다."

"가망 없다고 본다."

"그래도…… 말이라도 꺼내 볼까?"

혹시 모르는 일이었다. 극한의 수줍음 덕에 얼굴을 마주하기까지 대단히 애를 먹긴 했지만, 필요할 때마다 나타나 먼저 도움을 준 셰임이었다. 보이지 않는 곳에서 말없이 지켜 주는 존재. 셰임 덕분에 바율은 전보다 훨씬 더 든든함을 느낀다.

'셰임, 여기 있죠? 저, 부탁이 있어요. 들어주시겠어요?'

—…부탁?

이제는 제법 익숙해진 셰임만의 거칠면서도 탁한 목소리가 들려왔다.

'바람의 정령을 만나고 싶어요. 혹시 그가 우리들 주변에 있나요?'

—그렇기는 한데…….

'셰임?'

어쩐지 애매한 말투였다. 부끄러움을 타긴 해도 물어보면 성실하게 답을 해 주곤 했었는데, 이번엔 무슨 연유인지 망설이는 기색이었다.

설마 이노센트 말처럼 진짜 나쁜 정령인 건가?

—나쁘지 않다. 단지…… 좀 많이…… 그렇다.

바율의 속마음을 읽은 세임이 아니라며 바로 두둔했지만, 그래도 끝말을 흐리는 게 영 찜찜하다. 어떻게 생겨 먹은 정령인지 궁금한 한편, 걱정이 들기도 했다.

—혹시 냄새 때문이라면 내가 괜찮은 곳을 알고 있는데…….

"네? 괜찮은 곳이요?"

뜻밖의 제안에 바율의 목청이 저절로 커졌다.

"왜, 왜? 뭐라는데? 바람의 정령 찾았대?"

"아니, 세임이 여기보다 좋은 장소를 알고 있대."

"네가 훈련할 장소 말이야?"

"응, 따라오라는데?"

말이 끝나기가 무섭게 바율 앞의 땅이 작은 둔덕을 만들며 불룩하게 솟아올랐다. 세임이었다.

"뭐야, 우린 바람의 정령을 볼 수 있을까 기대 잔뜩 하고 있었고만, 웬 이동?"

"바람의 정령은 아무래도 시간이 좀 필요할 것 같아."

"시간은 왜?"

"나도 잘은 모르겠어. 일단 셰임이 안내하는 곳으로 가 보자. 냄새가 계속 심해지는 게, 여름에는 나도 여기서 훈련 못 할 것 같거든."

"동감. 냄새도 냄새지만 이상하게 점점 더워지는 느낌이야. 더운 공기가 어디서 밀려오는 것 같아. 이 야밤에 그런 느낌이라니 웃기지 않냐?"

"남들 눈에 띄지 않을 장소여야 할 텐데, 셰임이 그런 조건은 알고 있겠지?"

"눈앞에 보이지 않아서 그렇지, 항상 내 주변에 있었어. 모를 리 없을 거야."

셰임이라면 왠지 모든 게 믿음이 간다. 굳이 물어 확인하지 않아도 그가 안내할 곳이 이곳보다 훨씬 나을 거라고 바율은 확신할 수 있었다.

"가자."

셰임이 움직였다. 흡사 두더지처럼 불룩한 흙무덤이 빠른 속도로 전진했다.

"여긴 타락의 숲으로 가는 방향인데?"

"설마 셰임이 안내하는 곳이 거긴 아니겠지?"

하지만 늘 '설마'는 '설마'대로 흘러가는 법이었다. 그들의 짐작대로 셰임이 이끄는 곳은 타락의 숲이었다.

"셰, 셰임. 여기 안쪽은 위험해요. 우리끼리 들어갔다가 짐승이나 몬스터라도 만나면……."

―괜찮다…… 내가 지켜 준다…….

"셰임이 지켜 준다고요?"

―난 땅의 정령이니까…… 숲에선 내가 더 강해진다…….

아! 그럴 수도 있겠구나.

이노센트는 물에 있을 때 가장 활발해진다. 셰임은 흙과 나무와 바위, 대지 위에 피는 모든 것들을 지배하는 힘을 가졌다.

괜한 걱정이었어.

"들어가자. 셰임이 보호해 줄 거야."

"우리 전부를?"

"응, 숲에선 더 강해진대. 자신감이 느껴져."

"하긴, 땅의 정령이니 그럴 수도 있겠네."

정령에 해박한 만큼 퀸과 일라이는 쉽게 수긍했다. 그에 반해 에이단과 로건은 조금 내켜 하지 않는 듯했지만, 돌아가기엔 이미 늦었다. 긴장을 애써 속으로 감추며 타락의 숲으로 용기 내 들어갔다.

3.

　─여기다.

　셰임이 안내를 멈춘 곳은 숲 한복판에 위치한 어느 공터
였다. 다수가 공놀이를 하고도 남을 법한 넓은 부지도 부지
지만, 공터 한가운데에 작은 통나무집이 한 채 자리하고 있
었다.

　"웬 오두막이지?"

　"설마 타락의 숲에 사람이 살고 있었어?"

　"인간 없는데?"

　어느새 오두막 안까지 쓱 훑고 온 이노센트가 긴 머리를
출렁이며 도리질했다.

　"빈집인 것 같은데 한번 들어가 볼까?"

　쿠오오오!

　갑자기 어디선가 짐승의 울부짖는 소리가 들렸다. 감히
누가 나의 숲을 침범하는 것이냐! 마치 그렇게 말하는 것
같았다.

　"일단 그러는 게 좋겠다!"

　누가 먼저랄 것 없이 다섯 명이 즉각 오두막을 향해 달렸
다.

　"라이트!"

오두막 안은 바깥보다 더 컴컴했다. 일라이가 라이트 마법을 시전하자 빛이 생기며 일순간 눈이 부셨다.

"뭐 하던 곳이지?"

사람이 살지 않은 지 한참은 된 듯 사방이 온통 먼지였다. 낡았지만 제법 튼튼해 보이는 침대와 소파, 작은 주방에는 탁자와 의자가 놓여 있고, 한쪽 구석에는 겨울을 기다리는 벽난로가 설치되어 있었다.

"사냥꾼이라도 살았나?"

"책이 있는 걸 보니까 단순한 사냥꾼은 아니었나 봐."

침대 아래쪽 바닥에 책들이 아무렇게나 쌓여 있는 게 그제야 눈에 들어왔다.

"여기 치우면 꽤 운치 있을 것 같지 않냐?"

누가 살았던 곳인지는 모르지만 나름 갖출 건 다 갖추고 있었다. 훈련 장소 겸 아지트로 사용하기에 이만하면 나쁘지 않다.

"경비대가 여기까지 올 리 없으니 망볼 필요도 없겠고, 수련하다가 힘들면 안에 들어와서 잠시 쉴 수도 있고. 완전 딱인데?"

"여기가 타락의 숲이란 사실만 빼면 말이지."

로건의 지적에 일라이가 어깨를 으쓱이며 말했다.

"셰임이 지켜 줄 텐데 뭐가 걱정이야? 이런 숲에서 녀석은 무적이라고."

"위험한 몬스터들이 많다고 들었는데 정말 안전할까? 놈들이 떼로 덤비면, 그땐 어쩔 건데?"

어쩌다 보니 오긴 왔는데 에이단은 쉽게 마음이 놓이질 않았다.

"에이단, 우리도 그렇게 약하진 않아. 다들 제 한 몸 지킬 정도는 되잖아. 정 위험하면 여기 오두막으로 피신하면 그만이지. 설마 여길 부수기라도 하겠냐?"

"그러지 않을 거란 보장도 없지."

—여긴 아무도 오지 않는다…… 이곳에선 아무도 날 이길 수 없다…… 보여 주겠다…….

"셰임?"

느닷없이 셰임이 뭔가를 보여 주겠다며 오두막 바닥을 훑으며 밖으로 향했다.

"왜 그래? 셰임이 뭐라는데?"

"보여 줄 게 있대. 따라오라는 건가 봐."

머뭇대던 일행은 하는 수 없이 공터로 나갔다. 달빛이 환하게 쏟아지는 공터엔 시끄러운 가축도, 냄새나는 오물도 없었다. 다시 봐도 훈련장으로 쓰기에 손색이 없는 장소였다.

"이, 이쪽이다."

"엇? 셰임이다!"

놀랍게도 오두막을 나서자 그들을 맞은 건 모습을 드러
낸 셰임이었다. 그가 수줍은 듯 고개를 푹 숙인 채 일행을
불렀다.

셰임이 서 있는 곳은 오두막에서 십여 발자국 떨어진 커
다란 나무 아래였다. 향긋한 꽃향기를 뿜어내는 나무둥치
앞에는 웬 비석이 하나 세워져 있었다.

"무슨 비석이지?"

"모양이 좀 특이한데?"

보편적인 형태는 아니었다. 자세히 보니 비석이라기보다
조각상이라고 해야 더 맞을 것 같기도 했다. 풍화 작용으로
군데군데 손상을 입었지만, 형상이 꼭 사람 같았다.

"여기에 오면 편안해진다. 이, 이거 덕분이다."

"……?"

바율이 이해하지 못한 표정을 짓자 셰임이 얼굴을 붉히
며 설명했다.

"좋은 느낌이 난다. 너, 너와 비슷하다……."

"…이 비석이 나와 비슷하다고요?"

끄덕.

"그래서 편안하다."

셰임의 입가에 따듯한 미소가 지어졌다. 비석을 향한 그

의 애정을 엿볼 수 있었다.

"돌덩이 보고 편안하다니 희한한 정령일세. 그러고 보면 꼬맹이 쟤도 물의 정원이 편안해서 간다고 하지 않았어? 물의 온도가 마음에 든다고 했었지, 아마?"

"…이상해."

"바율?"

갑작스러운 바율의 말에 친구들이 일제히 고개를 돌렸다.

"그게, 갑자기 좀 이상하단 생각이 들어서……."

"그러니까 뭐가 이상한데?"

"이노센트도 셰임도 편안하다고 하는 게 말이야. 이런 비석이 여기에만 있는 것도 아니고, 물의 정원에만 물이 있는 것도 아니잖아. 그런데 왜 이 비석과 물의 정원에서만 둘은 편안함을 느끼는 걸까?"

"그거야 아까 너랑 느낌이 비슷하다고 셰임이 그랬잖아."

로건의 말에 바율은 서둘러 이노센트를 불렀다.

"이노센트! 어디야? 어디에 있어?"

"나 여기 있는데!"

일행이 서 있는 나무 뒤쪽에서 까르르하는 이노센트의 웃음소리가 들려왔다.

"바율, 여기 옹달샘이 있어! 엄청 차갑고 좋아!"

바율은 바로 이노센트를 향해 뛰어갔다.

"꺄하하!"

샘에 들어갔다가 나오길 반복하며 이노센트가 흥에 취해 뛰놀고 있었다. 다른 때라면 실컷 놀게 한 후 용무를 해결하겠지만 지금은 마음이 급했다.

"이노센트, 전에 그랬지? 물의 정원에 가면 편안해진다고."

"응! 왜?"

"혹시 나도 그래? 내가 물의 정원이랑 느낌이라거나 그런 게 비슷해?"

"아닌데?"

아니라고?

예상과 다른 답에 바율은 잠시 멍해졌다. 그냥 단순한 우연인 건가? 내가 괜한 망상을 하는 건가?

바율이 실망하는 찰나, 샘물에 완전히 몸을 담그고 유영하던 이노센트가 날아오르며 외쳤다.

"똑같아!"

"…뭐?"

"바율이랑 똑같다고!"

투명한 물방울을 공중에 흩뿌리며 이노센트가 설명했다.

"거기에 가면 물속에 딱딱한 게 박혀 있어. 거기서 바율과 똑같은 기운이 흘러나와. 난 그래서 물의 정원이 너무 좋아!"

생각만으로도 행복한지 이노센트가 두 손을 맞잡으며 웃음인지 비명인지 모를 소리를 냈다.

"딱딱한 거라면…… 혹시 저것처럼 생겼어?"

바율을 대신해서 물은 건 퀸이었다. 그의 얼굴이 긴장으로 잔뜩 굳어 있었다.

"흐음."

이노센트가 셰임 옆의 비석을 보며 고개를 갸우뚱했다.

"잘 모르겠는데……."

"모르겠다니? 어째서 모르는데?"

"말했잖아. 물속 바닥에 콕 박혀 있다니까? 그래서 완전한 모양이 보이질 않아. 난 뭐 그래도 상관없지만. 헤헤."

이노센트가 배시시 웃더니 다시금 샘으로 휙 날아갔다. 퀸이 부르르 떨며 읊조렸다.

"정령왕이 남긴 거야."

"밑도 끝도 없이 뭔 소리야? 뜬금없이 정령왕이 왜 나와?"

"기드온이라고 했던가?"

퀸이 로건을 향해 차가운 푸른 눈을 들었다.

"그가 전에 그랬지. 정령왕이 무언가를 남겼다고. 그거 말고는 설명할 길이 없어. 그게 아니라면 정령들이 왜 좋아하겠냐고."

"그러네. 일리 있는 말이야."

일라이가 고개를 크게 끄덕이며 동조했다.

"멸망한 정령계를 부활시키려면 이것저것 많이 필요하겠지. 안배. 그래, 안배라고 하면 되겠다. 정령왕이 훗날에 태어날 정령사나 정령들을 위해서 저 비석들을 뿌려 놓은 거야. 지금은 그저 편안함을 느끼는 정도지만, 나중에는 달라질 수도 있어. 어떤 대단한 힘이 숨겨져 있을지 몰라!"

"호오, 그 가설 괜찮은데?"

제법이라는 듯 에이단의 입꼬리가 올라갔다.

"그럼 이제부터 우리가 할 일은 저 돌멩이의 정체를 파헤치는 건가?"

"그렇지! 뭔가 쓰임새가 분명히 있을 거야!"

"더 찾아보자! 이런 돌멩이가 딱 두 개만 있을 리 없잖아. 모름지기 안배란 그런 거 아니겠어?"

에이단의 핵심을 찌르는 말에 바율은 바로 셰임에게 물었다.

"셰임, 혹시 이 근처에 이런 비석이 또 있나요?"

"내가 발견한 건 이거 하나다……."

"어떻게 찾아냈어요?"

"그냥…… 숲에서 놀다가……."

이노센트도 그랬다. 물이라면 어디든 좋아서 몸부터 담그는 녀석이다. 물의 정원도 그러다가 걸린 것이다.

왜인지는 모르겠지만 이 돌들이 매우 중요하단 생각이 들었다. 일라이의 말을 들어서가 아니라 느낌이 그러했다.

어쩌면 자신이 어째서 정령사가 된 것인지 그 비밀을 풀어낼 수도 있었다.

Chapter 10.
아, 아빠?

1.

　다음날 오후 점심시간. 대부분의 학생들이 주린 배를 채우기 위해 식당으로 향할 때 바율과 친구들은 서둘러 물의 정원을 찾았다.

　정령계의 부활을 위해 정령왕이 남겼다는(일라이의 가설에 의하면) 정령석을 직접 눈으로 확인해 보기 위함이었다. 돌덩이, 돌멩이, 비석 등 다양한 명칭이 난무하기에 정체를 알아내기 전까지는 일단 정령석이라 부르기로 했다.

　"누가 들어갈 거야?"

　"묻긴 뭘 물어. 당연히 퀸이지."

　애초에 퀸도 그럴 마음으로 왔기에 머뭇대지 않았다. 재킷과 셔츠를 벗어 던지는 그의 손놀림이 빨랐다.

"나도 들어갈게."

"괜찮겠어?"

바율이 물을 두려워한다는 걸 이제는 다들 알고 있다. 녀석이 괜한 무리를 하는 건 아닌지 걱정스럽다.

"이젠 이노센트가 있잖아. 내 눈으로 직접 보고 싶어."

"뭐, 맘대로 해라. 물의 정령에 인어족까지 있는데 무슨 일 생기겠냐?"

"그래, 애들 몰려오기 전에 후딱 끝내고 나와. 우린 망보고 있을게."

물의 정원은 이노센트뿐 아니라 학생들에게도 인기가 좋은 곳이었다. 수영 금지 푯말이 버젓이 박힌 곳에서 지금의 모습을 들켰다간 좋을 게 없다. 혹여 교수님들 귀에 들어간다면 벌점을 받을지도 모른다. 보는 눈이 없을 때 빨리 해치워야 했다.

"바율, 조심해."

퀸과 함께 물속으로 들어가는 바율을 로건이 불안한 듯 바라보았다. 그가 무슨 생각을 하고 있을지 뻔하다.

"금방 돌아올게."

바율은 부러 명랑하게 대꾸한 뒤 이노센트를 따라 잠수했다.

정령석이 위치한 곳은 물의 정원에서도 가장 깊은 호수였다. 이노센트 덕분인지 물속에서도 숨을 쉬는 것이 별로 어렵지 않았다. 어린 시절 배웠던 수영 동작을 기억하며 자연스럽게 팔과 다리를 움직였다. 그런 바율의 옆으로 퀸이 빠르게 지나갔다.

그는 뭍에서보다 훨씬 활기찬 느낌이었다. 퀸의 은빛 꼬리가 부드러우면서도 역동적인 모양으로 물속을 활보했다.

'다 왔어. 저기야!'

정령석을 보여 줄 생각에 이노센트는 신이 난 상태였다. 녀석이 부옇게 가려진 앞을 가리키며 바율에게 소리쳤다.

퀸은 벌써 저만치 앞서가고 있었다. 바율은 이노센트가 이끄는 대로 좀 더 속력을 높여 나아갔다.

'이전의 나라면 절대 불가능했을 텐데.'

아무리 이노센트와 있다지만 물을 겁내지 않는 스스로가 신기하면서도 대견했다. 지금 같은 마음으로는 어떤 일이 닥쳐도 다 해낼 수 있을 것만 같았다.

'바율, 잠깐만. 내가 이 먼지들 다 치워 줄게!'

호수 안쪽은 깊이 들어갈수록 부유물과 이끼 등으로 앞이 잘 보이지가 않았다. 기특하게도 그런 바율의 고초를 알아챈 이노센트가 청소에 나섰다.

'내가 해야 하나 싶었는데, 고맙네.'

갑작스러운 퀸의 음성에 바율은 흠칫 놀랐다. 물속인데 어떻게 말을 하지? 의문이 얼굴에 드러났는지 퀸의 목소리가 다시금 머릿속을 울렸다.

'인어는 생각을 전달할 수 있어. 육지에선 인간처럼 입을 열어 말을 하지만, 물속에선 이런 식으로 대화를 해.'

'아!'

조금만 생각해 보면 당연한 얘기였다. 뭍에서도 물에서도 살아가는 종족이 아니던가. 따지고 보면 놀랄 문제가 전혀 아니었다.

'보인다. 저건가 봐!'

어느새 주변이 말끔해졌다. 머리 위로 투명한 햇살이 쏟아졌다.

'바율, 이거야!'

이노센트가 호수 밑바닥에서 빨리 오라며 재촉했다.

'가자.'

퀸이 멋진 자세로 꼬리를 튕기며 수직으로 하강했다. 뒤질세라 바율도 숨을 들이마시며 뒤를 쫓았다.

'재질이 비슷한 것 같아.'

끄덕.

이노센트의 말처럼 정령석은 호수 바닥에 상당 부분이 박힌 상태였다. 그래서 형태는 알 수 없지만, 척 보기에도 셰임이 찾은 정령석과 재질이 흡사했다. 손을 뻗어 직접 만져 본 퀸과 바율은 두 정령석의 뿌리가 같은 것임을 확신했다.

'올라가자.'

확인은 끝났다. 둘은 지체하지 않고 수면 위로 올라갔다.

"정령석은 봤어? 진짜로 있디?"

"어떻게 생겼냐? 어제 본 거랑 비슷해?"

뭍으로 나온 바율과 퀸에게서 물이 뚝뚝 떨어졌다. 수건이라도 챙겨 올 걸 그랬나, 라고 바율이 생각하는 순간 그는 물론 퀸의 몸에서 물기가 싹 사라지며 뽀송하게 건조되었다.

"이노센트, 고마워."

"나도 고맙다, 이노센트."

"별말씀을!"

바율과 달리 퀸은 알아서 말릴 능력이 충분하다. 이노센트도 잘 알고 있을 텐데 굳이 친절을 베푸는 걸 보면 어지간히도 퀸이 좋은 모양이었다.

"아, 왜 둘 다 대답이 없냐? 어땠냐니까?"

기다리다가 답답해서 죽을 것 같다. 에이단의 독촉에 바율과 퀸이 차례대로 대답했다.

"같은 재질의 돌이 맞아."

"바닥에 박혀 있어서 완전한 형태는 모르겠는데, 타락의 숲에서 봤던 것과 비슷했어."

"오, 그렇다는 건 다른 정령석도 비슷하게 생겼다는 뜻이네? 찾기 쉬울지도 모르겠는걸."

"형태며 재질이 특이하지가 않은데 뭐가 쉽냐? 당장 아카데미를 돌아봐라. 그 비슷한 거 몇 개는 더 찾을 수 있을 거다."

"아무래도 이노센트와 셰임의 도움이 필요할 것 같아. 둘 다 편안함을 느꼈다고 하니까, 그런 방법으로 찾는 수밖에."

"바율, 넌 뭐 느껴지는 거 없었어?"

"응. 불행히도."

안 그래도 혹시나 하고 기대를 했었는데 역시나였다.

"오늘은 정령석을 확인한 것으로 만족하자. 계속 생각해 보면 뭔가 좋은 수가 생기겠지. 일단 점심이나 먹으러 가자고."

학생들이 하나둘 보이기 시작했다. 이대로 다 같이 굶을 순 없다. 지금 가면 맛있는 메뉴는 떨어졌을 확률이 높지만, 상대적으로 한산해서 식사하기에는 오히려 여유롭고 나쁘지 않았다.

"근데 참, 에이단. 넌 왜 슈빅에게 황궁 일에 대해 알려

준 거냐? 자레드 녀석 망신 주려는 건 알겠는데, 그러다 조력자가 너인 걸 들키면 어쩌려고?"

"그건 걱정 마셔. 절대로 안 들킬 거니까."

"무슨 자신감이래? 얼마 전에도 사기꾼이란 소리까지 들으며 그렇게 들볶이고는, 벌써 잊었냐?"

아니, 잊을 리가 있나. 그때만 생각하면 지금도 치가 떨린다. 귀족인 걸 숨겼다며 자신을 속였다고 지랄도 그런 지랄이 없었다.

"조력자가 너라는 걸 아는 순간 배신감에 길길이 날뛸 텐데, 뭔 깡으로 그런 건지. 일주일? 아니, 한 달은 시달릴 거다."

"알아, 걸리면 엄청 피곤해지겠지. 이번엔 날 죽이려 들지도 몰라."

"알면서 왜 그런 건데?"

"그냥 떡밥 좀 준 거야. 녀석에게 낙이 그것밖에 더 있냐? 황궁 얘기에 정신 팔려서 조력자의 정체 따위에는 관심도 없을걸?"

"그래 보이긴 했어. 다른 질문만 계속하더라고."

"그것 봐. 애가 심하게 단순해요."

에이단이 코웃음을 치며 입가를 실룩였다.

"오잉? 무슨 일이지?"

슈빅에 대해 이러쿵저러쿵 떠들며 걷다 보니 어느덧 식당 건물이 눈에 들어왔다. 한데 그들의 예상과는 달리 한산하기는커녕 평소보다도 많은 학생들로 식당 밖이 소란스러웠다.

"왜 저렇게 다들 몰려 있어?"

"오늘 배식은 야외에서 하는 건가?"

고개를 갸웃거리며 식당에 다다른 순간 바율과 친구들은 전부 약속이라도 한 듯 멈칫했다.

"…쟤 저기서 뭐 하는 거야?"

"설마 저 높이에서 뛰어내리려는 건 아니겠지?"

"야, 저기서 떨어지면 그냥 즉사야! 미치지 않고서야 뛰어내리겠냐?"

"충분히 그러고도 남을 것 같은데."

"눈이 풀렸어."

그랬다. 식당의 가장 꼭대기 층, 대략 십여 미터 정도 높이의 발코니 외벽 난간에 남학생 하나가 비스듬히 걸터앉아 있었다. 녀석의 두 다리가 갈 길 잃은 듯 힘없이 축 처져 있었다. 바람이 조금만 세게 불면 추락할 것처럼 위태로운 자세였다.

"…저 자식 자레드 똘마니 맞지?"

문제의 주인공은 일행이 너무나 잘 아는 녀석이었다. 바

로 자레드의 협박에 에이단을 도둑으로 몰았던 겁쟁이 나
단이었다.

2.

"근데 쟤 얼굴이 왜 저래?"

나단의 얼굴은 엉망진창이었다. 양쪽 눈두덩이가 심하게
부은 데다, 뺨이며 턱이며 온 얼굴이 울긋불긋한 상처투성
이였다. 저래서 앞이 제대로 보이는지 의심이 일 정도였다.

"맞았어."

걱정스레 나단을 올려다보고 있던 그들에게로 슈빅이 화
가 난 기색으로 걸어왔다.

"그것도 여러 명한테."

에이단이 미간을 모으며 물었다.

"자레드 패거리냐?"

"응, 저쪽 뒷길에서."

"이유는?"

"알잖아. 네 일로 자레드 자식에게 찍힌 거."

도난 사건의 주요 인물이었던 나단은 제대로 일 처리를
못 했다는 이유로 이미 자레드에게 두들겨 맞은 전적이 있

었다. 상벌 위원회가 소집되고 정학 처분을 받으면서 그때 일은 그렇게 끝이 난 줄 알았는데, 판단 실수였다.

"완전 살벌하더라. 점심 먹으러 오면서 힐긋 봤는데 평소 때랑 왠지 좀 다르더라고. 악에 받쳐 미친 듯이 소리치면서 패는데, 난 걔 미친 줄 알았다."

"그때 이후로 계속 괴롭힘당했던 거냐?"

"왕따 비슷했지. 그래도 저렇게까지 얼굴을 망가뜨린 건 오늘이 처음일 거야."

정학 중에 또다시 폭력 사태를 벌였다. 아무리 막 나가는 자레드라지만 이건 녀석답지가 않다. 언제든 빠져나갈 구멍은 확실하게 만들어 놓는 놈이 아니던가. 목격자에 피해자까지 분명하다면 이번엔 결코 쉽게 넘어가지 못할 것이다.

"화풀이 같지 않냐?"

"화풀이?"

일라이가 곰곰이 생각에 빠진 표정으로 설명했다.

"기차에서부터 이상했거든. 버젓이 특등실을 놔두고 우리랑 같이 일반실을 탄 것도 그렇고, 혼자 얼빠진 사람처럼 계속 창밖만 쳐다본 것도 그렇고. 그게 뭐겠냐?"

"…뭔데?"

"란데르트 공작 전하 뵀을 때 기억 안 나? 에이단 네가 야시장 얘기 꺼내는 바람에 분위기 싸해지고, 바로 바율 데리고 나가셨잖아. 그리고 예거 단장과 헤이즈 경의 대련이 펼쳐졌지. 이만하면 딱 감이 오지 않아?"

"란데르트 공작 전하께서 야시장 사건에 대한 보복이라도 하셨단 소리야?"

가만히 듣고만 있던 로건이 입으로 내뱉는 것조차 불쾌하다는 듯 인상을 쓰며 물었다.

"난 보복이 아니라 응징 또는 경고라고 생각해."

"그게 그 말 아니야?"

"전혀 다르지. 보복은 말 그대로 그냥 받은 대로 돌려주는 앙갚음일 뿐이야. 반면 응징은 죄를 뉘우치도록 벌을 내리는 거지. 경고는 다신 같은 일을 반복하지 말라는 의미고."

"그래서 정리하면 뭔데? 헤이즈 경이 대련에서 승리했으니 응징이든 경고든 먹혔다 치고, 그게 자레드 놈과 무슨 상관이야?"

"기사단 단장이 일개 기사에게 졌어. 물론 그저 그런 기사가 아니라 만월 기사단이긴 하지. 하지만 예거 단장은 헥터 공작의 오른팔이야. 그 이름이 절대 가볍지 않다고. 그런 자가 황제와 귀족들이 보는 앞에서 굴욕을 당했는데 헥터 공작이 아무렇지 않겠냐?"

"대련이 끝나자마자 자취를 감추긴 했지."

"그거야, 바로. 쪽이 팔려서 거기 있을 수가 없었던 거지. 그다음은 뭘까? 보통 화가 난 사람이 찾는 건 그 화를 풀 대상이겠지?"

일라이의 핏빛 눈동자가 영민한 빛을 내뿜었다.

"사건 발단의 원흉. 감히 겁도 없이 란데르트 공작가의 후계자에게 검을 휘두른 철없는 망나니."

"자레드 자식이 아버지에게 혼꾸멍났다는 소리를 뭘 그렇게 돌려서 하냐? 그놈이 제 아버지에게 당하고 와서는 나단에게 화풀이를 한다는 거잖아!"

"딩동댕! 어제부터 내 추리가 제법 훌륭하지?"

상황이 지금 같지만 않았다면 바율은 엄지손가락이라도 세울 뻔했다. 아버지에 관한 이야기는 일부러 말을 아꼈는데, 일라이가 정확히 짚어 냈다.

"완전 나비 효과로구먼."

돌고 돌아서 나단을 이 지경까지 몰았다. 계속되는 괴롭힘을 애써 견디며 버티다가 방점을 찍은 오늘, 결국 저 높은 곳에 오르게 된 것이리라. 잘못한 것이 없음에도 바율은 괜히 미안해졌다.

"어어어! 쟤, 쟤 일어난다!"

"야아아, 움직이지 마!"

난간에 앉은 것도 불안한 판국에 급기야 녀석이 몸까지 일으켰다. 술이라도 마신 사람처럼 비틀대는 게 보는 이로 하여금 끔찍한 상상을 불러일으켰다.

"어, 어떡해!"

몰려 있던 아이들이 우왕좌왕 헤매며 공포에 떨었다.

"저, 저 자식 뛰어내리면 안 되는데! 아직 교수님 오시려면 멀었다고!"

흥건하게 젖은 손바닥을 재킷에 문지르며 슈빅이 소리쳤다.

"안 되겠어. 올라가 봐야겠어!"

말릴 새도 없었다. 에이단이 식당 안으로 달려 들어갔다.

"야, 같이 가!"

어떡해서든 멈추게 해야 했다. 바율과 남은 친구들도 황급히 에이단을 따라 뛰었다.

3.

"발코니 문이 잠겼어!"

격자무늬 사이사이에 유리가 박혀 있는 문이었다. 방해꾼이 나타날 걸 염두에 둔 듯 바깥쪽에서 잠가 놓은 문은 열리지 않았다. 때문에 아무도 접근하지 못하고 다들 문 너머로 나단의 모습을 지켜보고만 있었다.

"나무 걸쇠야. 안에서 열지 못하도록 걸쇠를 걸어 놨어!"

에이단이 문에 바짝 붙어서 유리 너머를 보며 외쳤다.

"바율!"

뒷말은 없었지만 무슨 뜻인지 충분히 이해했다. 셰임에게 부탁하라는 뜻이다.

"선배님들, 나단은 저희가 설득해 볼게요. 저희 말이라면 들을 거예요."

눈치 빠른 일라이가 모여 있던 학생들에게 다급히 말을 걸었다. 엠블럼이 파란색인 걸 보니 3학년 선배들이었다.

"너희 친구들이냐?"

"네, 낮에 좀 일이 있었거든요. 선배님들은 마법학부 교수님 좀 불러 주시겠어요?"

만에 하나 녀석이 추락한다면 구할 수 있는 건 플라이 마법이 가능한 누군가였다. 4서클의 중급 마법인 플라이 마법을 펼칠 수 있는 건 아카데미 내에서는 마법학부 교수, 그중에서도 몇 사람 되지 않았다.

"알았어. 교수님도 모시고 오고 옷이든 뭐든 깔개가 될 만한 건 죄다 깔아 둘 테니까 잘 설득해 봐. 꼭이다!"

선배들이 신신당부를 하고는 서둘러 내려갔다.

'셰임! 문 좀 열어 주세요!'

바율은 쿵쾅거리는 심장을 애써 가라앉히며 최대한 침착하게 셰임을 불렀다. 그런 바율의 간절함을 느낀 듯 나무 걸쇠가 즉시 구멍에서 빠져나왔다.

발코니 문이 소리 없이 열렸다. 다행히 나단은 인기척을 알아차리지 못했다. 일행은 녀석이 놀라지 않도록 천천히 조심스럽게 다가갔다.

"…나단?"

갑자기 등 뒤에서 들리는 음성에 나단이 화들짝 놀라며 돌아섰다.

"조, 조심해!"

행여 녀석이 떨어질까 무서워 밑으로부터 비명이 난무했다.

"뭐, 뭐야? 너희들!"

분명 문을 잠갔는데 어떻게 된 영문인지 혼란스럽다는 듯 나단의 동공이 이리저리 흔들렸다.

"진정해, 나단! 네가 무슨 생각하는지 아는데, 그럼 안 돼! 부모님을 생각해야지!"

"그래, 나단! 거기서 그러지 말고 일단 내려오는 게 어때? 내려와서 우리 차근차근 얘기해 보자! 부모님이 아시면 얼마나 슬퍼하시겠어!"

"우리 부모님?"

녀석의 부은 얼굴이 괴기스럽게 일그러졌다.

"쥐뿔도 없으면서 귀족이랍시고 일은 안 하고 여기저기 돈만 꾸러 다니시는 우리 부모님 말이냐?"

모든 게 돈이 부족해서였다. 돈이 없어서 남의 물건에 손을 댔고 그것이 약점이 되어 자신을 집어삼켰다.

"이게 다 너희 때문이야! 너희가 약속을 어기는 바람에 내가 이렇게 된 거라고!"

나단이 그간 참았던 원망을 쏟아 냈다.

"모여서 노는 곳만 알려 주면 용서해 준다고 했잖아! 나에 대해선 입도 벙긋 안 하겠다고 약속했잖아! 그런데 왜 그랬어! 왜 아카데미에 알려서 나를 이렇게 망가뜨린 거야! 대체 왜!"

녀석은 악을 쓰며 울부짖었다. 애초에 자신이 했던 잘못은 까맣게 잊은 채 가엾은 피해자인 양 소리를 질러 댔다.

"나단, 그건 너의 오해야. 난 정말 아무 말도 안 했어!"

에이단이 녀석에게로 한 걸음 다가섰다.

"거짓말! 처음부터 아지트를 알아내서 덮치려는 수작이었잖아! 내가 그것도 모르고 멍청하게 부는 바람에 이 꼴이 난 거고!"

"그건 그냥……."

"널 믿는 게 아니었는데…… 그래도 난 네가 자레드 자식과는 좀 다를 줄 알았어. 평소 거들먹거리지 않는 게 뱉은 말은 지킬 줄 알았어. 그런데 결국 너도 똑같은 놈이야!"

지금은 무슨 얘기를 해도 들어 먹을 기미가 아니었다. 자레드에게 괴롭힘을 당한 충격 때문인지, 피해 의식으로 똘똘 뭉쳐 있었다. 정신적인 치료가 시급했다.

"매일 밤마다 내가 찾아갈 거야. 찾아가서 저주를 퍼부을 거야! 너희도 나처럼 평생을 지옥에서 살아야 해!"

"그 저주 실컷 들어 줄 테니까 지금 말하는 건 어때? 거긴 위험하니까 일단 밑으로 내려와서……."

"누가 내 말을 들어 주겠어? 교수님들? 총장님? 웃기지 말라 그래! 나같이 가진 것 없는 가난한 귀족 자식에게 무슨 힘이 있다고? 너나 자레드 놈이라면 모를까!"

퇴학을 당해도 마땅할 짓을 저지르고도 고작 정학 10일 처분을 받았다. 그런 놈을 상대로 나단이 할 수 있는 건 아무것도 없다. 그가 할 수 있는 최선은 죽음으로써 억울함을 표시하는 것뿐이었다. 그래야 이 고통에서 벗어날 수 있었다.

"가서 자레드 자식에게도 전해. 내가 죽어서라도 꼭 찾아가 복수할 거라고!"

"나, 나단! 잠깐만!"

나단의 움직임이 심상치 않았다. 소리치는 사이사이 밑을 바라보는 게 불길하다. 정말로 떨어질 것만 같았다.

"내 얘기 좀 들어 볼래?"

바율의 간곡한 음성에 나단이 의구심을 느끼며 뒷걸음질 쳤다.

"조심해!"

행여 발이라도 헛디딜까 보는 이들만 마음이 조마조마하다.

"자레드가 오늘 널 때린 건 나 때문이야. 나와 엮인 일로 인해서 자레드 녀석이 아버지에게 혼이 났거든. 그래서 네게 화풀이를 한 거야. 미안해, 괜히 나 때문에 네가……."

"닥쳐! 화풀이?"

나단이 고개를 젖히며 어이없다는 듯 웃었다.

"하핫! 그러니까 내가, 고작 아버지에게 혼난 걸로 화가 뻗친 자레드 자식의 분풀이 대상이었다, 뭐 그거냐?"

"아니, 그런 뜻이 아니라……."

나단이 부들부들 몸을 떨며 분노했다. 어떻게든 말리고 싶은 마음에 되는대로 떠들었는데, 그게 실수였다. 오히려 녀석을 더 자극하는 꼴이 되고 말았다.

"크하하! 분풀이……! 겨우 그런 거였단 말이지……!"

일순간 나단의 눈빛이 바뀌었다. 얇게 뜬 눈꺼풀 사이로 자조의 빛이 스치고 지나갔다.

"씨발, 끝까지 기분 더럽네."

녀석의 몸이 무너졌다. 귀찮다는 듯 들릴락 말락 가만가만한 목소리로 혼잣말을 하고는 서서히 허공에 몸을 맡겼다. 그런 녀석의 두 눈에선 눈물이 흐르고 있었다.

"나, 나단!"

"안 돼!"

창졸간에 벌어진 일이었다. 아래서도 비명이 터졌다.

"제발! 제발 누가 좀 도와줘!"

난간으로 달려가며 바율이 소리쳤다. 여기서 떨어지면 죽을 것이다. 형이 자신 때문에 물에 빠져 죽은 것처럼, 어쩌면 나단도 자신이 죽이는 것인지 모른다.

바율의 눈에도 눈물이 차올랐다. 누구든 자신 앞에서 죽는 것은 더 이상 보고 싶지 않다. 아무도 다치지 않았으면 좋겠다.

"나단!"

쑤아아앙!

그런 바율의 바람이 전해진 것일까.

별안간 돌풍이 일대를 덮쳤다. 옷과 머리카락이 나부끼는 것은 물론 몸이 휘청거릴 정도의 센 바람이었다.

중력의 법칙에 따라 빠른 속도로 하강하고 있던 나단도
예외는 아니었다. 녀석의 몸이 돌풍에 휘말려 방향을 틀었
다. 다가온 여름을 반기며 이파리가 무성하게 자란 느티나
무가 자리한 곳이었다.

"엄마아아!"

"꺄아악!"

그 누구도 행복한 결말을 상상하지 않았다. 잠시 후 눈앞
에서 벌어질 참혹한 광경에 얼굴을 돌리기 급급했다.

"…어?"

그런데 믿기지 않는 일이 벌어졌다. 직접 보고서도 순간
이해가 되질 않았다. 도무지 신이 도왔다고밖에는 생각할
수 없었다.

"사, 살았어!"

"심지어 멀쩡해!"

놀랍게도 녀석은 다친 데 하나 없이 말짱히 지면에 발을
딛고 일어섰다. 몰려 있던 아이들도 아이들이지만, 당사자
인 나단의 놀람은 그 이상이었다.

"내, 내가 어떻게?"

녀석이 자신의 손과 다리를 살피며 멍하게 중얼거렸다.

"헉헉! 어디야? 어디에 있어?"

그때 소식을 들은 마법학부 교수가 헐레벌떡 도착했다.

발코니를 올려다봤지만 들은 것과 달리 난간 위에는 아무도 없었다. 밑을 내려다보는 다섯의 앳된 얼굴만 보일 뿐이었다.

4.

나단의 무사함을 확인한 다섯은 다리가 풀려 그대로 주저앉았다. 꼼짝없이 녀석이 죽는 줄 알았다. 그랬다면 분명 죄책감에 빠졌을 것이다.

"셰임인 거지?"

일라이가 다행이라는 듯 깊은 숨을 내쉬었다.

"때마침 바람이 불었길 망정이지, 큰일 날 뻔했어. 그 바람 덕분에 나무 위로 떨어져서 셰임이 충격을 막아 준 모양이야."

돌풍이 나단을 데려간 곳은 울창하게 자란 나무였다. 풍성한 나뭇가지와 잎들이 침대 구실을 하며 녀석의 몸을 받아 준 것이다.

뿐인가. 나단은 미끄러지듯 부드럽게 지면까지 안착할 수 있었다.

"바율."

로건의 부름에 바율은 숙이고 있던 머리를 들었다. 온몸에 기운이 쭉 빠지면서 이제야 긴장이 풀린다.

"바람 말인데. 그거 네가 한 거 아니야?"

"…응?"

"갑자기 강풍이 불어닥친 게 영 이상해서. 내 기억으론 제발 누가 좀 도와 달라고 네가 소리친 순간, 그때 바람이 불었어."

"그랬나……?"

다급했던 상황이라 방금 전 일임에도 바율은 정확히 기억나지 않았다. 그저 나단이 무사하길 바라는 마음뿐이었다.

"헐, 맞아! 바율 네가 그렇게 말하고 바람이 불었어!"

"어어, 그런 것 같아!"

에이단과 일라이가 뒤늦게 깨닫고는 벌떡 일어섰다.

"바람의 정령인가? 바람의 정령이 나타난 건가?"

"이노센트가 그랬잖아. 바율 네 주변에 있다고!"

"셰임이 그랬듯 널 도와준 건가 봐!"

그, 그런 건가?

경황이 없어 바람의 정령을 떠올릴 새도 없었다. 하지만 곰곰이 따져 보니 이상하긴 이상했다. 지금 같은 계절에 산들바람이라면 몰라도 갑작스러운 돌풍은 다소 기이했다.

"바람의 정령이 등장한 거라면, 바람이 나단을 나무로 인도하고 세임이 충격을 보호해 줬을 거야. 어쩌면 이건 바람의 정령과 땅의 정령의 합작인 걸지도 몰라."

처음 정령을 마주했을 때와 달리 퀸이 차분히 말했다. 새로운 정령이 나올 때마다 놀라던 그가 이제는 상황을 제법 덤덤하게 받아들인다.

"이젠 인정하는 거냐?"

"안 할 수가 없게 흘러가고 있으니까."

사대 정령을 모두 소환하는 건 절대 불가능한 일이라 여겼다. 하지만 바람의 정령까지 나온 마당에 그런 말은 더 이상 의미가 없다. 이젠 불의 정령을 기다려야 할 판이다.

"남은 건 불의 정령뿐인가."

"아직 바람의 정령을 만나지도 못했는데 무슨 소리야. 지금 이것도 그냥 우리 추측이지, 확실한 것도 아니잖아."

"추측도 추측 나름이지. 이건 백 퍼센트야. 무조건이라고!"

"그래도 너무 앞서가지는 말자. 세임처럼 얼굴 보기 엄청 힘들 수도 있잖아."

그때만 생각하면 진절머리가 난다는 듯 에이단이 설레설레 고개를 저었다.

"천방지축 물의 정령에 부끄럼쟁이 땅의 정령이라. 바람의 정령은 성격이 어떨까? 왠지 이노센트나 셰임과는 많이 다를 것 같지 않아?"

"글쎄. 잘은 모르지만 하나는 분명하게 알 것 같다."

일라이의 아는 척에 다들 일제히 눈이 동그래졌다.

"이노센트 녀석이 나쁜 정령이라고 했잖아. 그 말은 곧 녀석과는 상극이란 얘기겠지?"

"헉! 그럼 더 지랄 같은 성질의 소유자란 말이야?"

"이노센트에게 절대 밀리지 않는 성격을 지녔을 확률이 높지. 그게 녀석을 놀려 먹는 것인지, 괴롭히는 것인지 어떤 방식인 줄은 아직 모르겠지만."

"우 씨, 우리 껌둥이 놀렸단 봐라! 내가 절대 가만히 안 놔둔다!"

"뭐 둥이?"

세상에서 가장 심한 욕이라도 들은 것처럼 일라이의 얼굴이 와락 구겨졌다.

"야, 내 앞에서 다시는 그딴 말 하지 마. 소름 끼치니까."

"껌둥이가 뭐 어때서? 이노센트가 가끔 심한 장난을 치는 건 맞지만, 귀여운 건 사실이잖아. 녀석이 너 차별한다고 설마 삐친 거냐?"

"그게 아니라, 안 좋은 기억을 불러일으키는 말이라서 그래. 내가 제일 싫어하는 말이라고."

실제로 순간 일라이의 안색이 거무튀튀하게 변했다. 그럼에도 미모의 격은 조금도 떨어지지 않았지만, 방금 말을 듣고 나니 문득 걱정스럽다.

"라이, 괜찮아?"

"얼마나 안 좋은 기억이기에 말만으로도 그렇게 힘들어 해? 약이라도 챙겨다 줄까?"

"신전에 갈 거면 지금 가는 게 좋겠는데."

친구들의 염려에 일라이가 손을 저으며 그만 내려가자 신호했다.

"그 정도는 아니야. 수업 들어야지. 곧 종 치겠다."

"나단 녀석 때문에 밥도 못 먹고 이게 뭔 고생이냐. 저녁까지 어떻게 기다리느냐고."

"그래도 무사하니까 됐지. 이따 저녁에 많이 먹자."

"무기술 시간이거든. 기운 쭉 빠져서 아무것도 못 휘두르겠다."

앞으론 이럴 때를 대비해 빵이라도 주머니에 넣고 다녀야겠다며 에이단이 구시렁거렸다.

"일라이! 너 여기 있었어?"

식당을 나와 터덕터덕 본관 건물을 향해 가던 그들 앞으로 난데없이 앨리스가 튀어나왔다. 학기 초부터 일라이에게 반해 애정 공세를 퍼붓던 그녀가 일라이의 한결같은 무

시와 거절에 결국 항복하고 관심을 거둔 게 두어 달 전이었
다. 이후로는 딱히 대면할 일이 없었거늘, 오늘은 무슨 일
인지 잔뜩 흥분한 얼굴이다.

"너희 아빠 진짜 끝내주게 잘생겼더라! 너랑 닮은 것 같
지는 않은데, 그 아우라라고 해야 하나? 압도적인 미모, 카
리스마적인 분위기! 아무튼 그런 게 둘이 완전 똑같아!"

"…무슨 개소리야?"

어이가 없다 못해 기가 막혔는지 일라이가 답지 않게 비
속어를 내뱉었다. 옆에 있던 친구들도 어리둥절하긴 마찬
가지였다.

"아빠라니? 이 녀석 부모님은 돌아가셨는데 뭔 소리야?"

가족을 잃은 슬픔이 어떤 건지 아느냐며 일라이가 고백
했었다. 태어날 때부터 혼자였다고, 녀석의 곁에는 아무도
없었다며 슬프게 말했었다.

"앨리스, 장난이 너무 심한 거 아니냐?"

"아무리 라이가 싫어도 그렇지, 할 말이 있고 못 할 말이
있는 거야. 당장 사과해!"

바율과 에이단이 화를 내며 앨리스에게 따졌다.

"너희 진짜 웃긴다! 내가 그딴 장난을 왜 치니? 나 이제
얘한테 아무 관심 없거든? 잘생기면 뭐 해, 성격이 거지 같
은데!"

일라이에게 몇 번이고 차인 것만 생각하면 지금도 울컥 짜증이 솟구친다. 남자 얼굴에 집착하는 이놈의 눈깔이 문제였다.

"내 말 못 믿겠으면 너희가 들어가서 보면 되잖아. 안에 일라이 아빠라는 분이 찾아와서 애들 지금 난리 났거든? 사과는 너희가 나한테 해 줬으면 좋겠네."

"…누, 누가 찾아와?"

불길함이 일라이를 엄습했다. 혹시나 했다. 앨리스가 아빠라는 단어를 말한 순간 '그'가 떠올랐지만, 아닐 거라 생각했다. 아니, 그렇게 믿고 싶었다.

"다시 말해 줘? 일라이, 너희 아.버.지. 란 분이 오셨다고. 저기 본관 건물 안에."

"그, 그럴 리 없어!"

일라이가 더듬거렸다. 녀석의 눈동자가 초점을 잃은 채 왔다 갔다 했다.

"직접 확인하면 될 걸 여기서 왜 이러나 모르겠네."

앨리스의 비아냥거림에 일라이가 움찔하더니 갑자기 달리기 시작했다.

"라, 라이!"

녀석의 심상치 않은 반응에 말도 못 한 채 눈빛만 주고받던 친구들도 황급히 일라이를 따라 뛰어갔다.

본관으로 들어가자 많은 학생들이 운집해 있었다. 일라이와 친구들은 그 무리를 뚫고 앞으로 나아갔다.

"……!"

다수의 시선을 당연하다는 듯 즐기며 웬 남자가 서 있었다. 앨리스의 말마따나 대단한 미남자였다.

한 삼십 대 중반쯤 되었을까? 사내는 화려한 금박의 무늬가 수놓아진 깔끔한 화이트 톤의 슈트 차림이었다.

크고 늘씬한 몸매에 투명하리만치 매끄러운 피부, 황금처럼 빛나는 긴 금발은 허리까지 늘어뜨렸다. 마치 붓으로 그린 듯한 외모였다. 황실 사교계를 평정한 일라이와 미모 대결을 붙여도 절대 밀리지 않을 것 같은 절대적인 아름다움이었다.

남자의 빛나는 황금색 눈동자가 일라이를 발견했다. 아이들의 관심에 미소로 화답하던 그의 입가가 더 큰 호선을 그리며 위로 올라갔다.

뚜벅뚜벅.

사내가 긴 다리를 움직여 걸어왔다. 그 단순한 동작에 바율은 웬지 꼼짝할 수가 없었다.

"검둥이, 잘 있었냐?"

일라이 앞에 멈춰 선 사내가 반갑게 인사했다. 목소리마저 더없이 수려하다.

그런데 뭐라고? 검둥이?

그건 일라이가 소름 끼치게 싫다던 말이 아닌가. 이상한 느낌에 돌아보자 녀석이 경악에 찬 눈빛으로 남자를 보고 있었다.

"아, 아빠?"

녀석에게서 목이 멘 듯한 탁한 음성이 나지막이 흘러나왔다.

〈다음 권에 계속〉

4컷 만화

노센트

로건

자레드

리타

정령의 펜던트

보너스 4컷 만화

빅피

로건 드 세이모어

헉

저기 봐, 로건이다!

진짜네! 심지어 오늘도 잘 생겼어~!

먼 곳을 보며 상념에 젖어있어….

무슨 고민이 있는 걸까?

멋지다….

분명 우리는 상상도 못 할…

깊고 어려운 고민일 거야….

맞아….

바율은 여전히 키가 작았어….

멋진 마법

촌스럽기는. 이게 바로 라이트 마법이란 거다.

우와, 짱이다!

이거 끌 수도 있는 거야?

당연하지.

팟

그럼 껐다 켰다 하는 건!?

못할 거 같냐?

우와!

팟

팟

팟

그래, 나도 몰랐는데 이거 정말…

라이, 이거….

끝내준다…!!

최고의 조명

냄새

냄새는 없앨 줄 모른다니, 마법도 별거 아니군.

뭐야!?

구리

구리

이 시간에 훈련할 수 있게 된 게 다 누구 덕분인데!

라이, 퀸의 후각이 예민해서 그래.

버럭

누군 안 예민한가!?

그리고 냄새라면 나도 말할 거 있거든?!

그날 쟤 발냄새가 얼마나…!!

쏴아아아

3권 참조

못된 생각

못된 행동

마실 것

뭔가 마시고 싶네….

흠…

!

바율이 날 필요로 하고 있어! 시원한 물을 한 컵 만들어 줘야지!

상큼한 오렌지향이 가미된 얼그레이….

아니, 오늘같은 날은 홍차 말고 허브티도 좋겠어.

시무룩

도련님바라기

!

벌써 다 먹었니?

헥 헥

고기를 참 좋아하는 구나.

어머, 애!

이건 안 돼. 도련님 거야!

헥

헥

안 된다니까! 어어……!

달그락

!!

안 된다고 했지….

아무리 귀여워도 도련님 걸 건드리면 용서하지 않는다….

……

저게 뭐지…